尤

今

小

语

尤今小语

品读天下事

放是一门学问

[新加坡] 尤今 著

海天出版社（中国·深圳）

图书在版编目（CIP）数据

品读天下事：放是一门学问 /（新加坡）尤今著. —
深圳：海天出版社，2018.5
　（尤今小语系列）
　ISBN 978-7-5507-2369-6

　Ⅰ. ①品… Ⅱ. ①尤… Ⅲ. ①散文集－新加坡－现代
Ⅳ. ①I339.65

中国版本图书馆CIP数据核字(2018)第060721号

图字：19-2018-033号
　　本书中文简体字版由玲子传媒私人有限公司（新加坡）授权深圳市海天出版社有限
责任公司在中国内地出版发行。该出版权受法律保护，未经书面同意，任何机构与个人
不得以任何形式进行复制、转载。

品读天下事：放是一门学问
PINDU TIANXIASHI: FANG SHI YIMEN XUEWEN

出 品 人　聂雄前
责任编辑　许全军　童　芳
责任校对　叶　果
责任技编　梁立新
装帧设计　知行格致

出版发行　海天出版社
地　　址　深圳市彩田南路海天综合大厦7—8层（518033）
网　　址　http://www.htph.com.cn
订购电话　0755-83460397（批发）　83460239（邮购）
设计制作　深圳市知行格致文化传播有限公司
印　　刷　深圳市新联美术印刷有限公司
开　　本　889mm×1194mm　1/32
印　　张　7
字　　数　114千字
版　　次　2018年5月第1版
印　　次　2018年5月第1次
印　　数　1—5000册
定　　价　35.00元

冰雕具有旷世之美。

冰块冷而硬，有宁死不屈的傲骨，是冰雕师傅那种"化腐朽为神奇"的意愿和"将铁棒磨成针"的诚意感动了它，于是，它宽容而又包容地任师傅为所欲为。

冰雕师傅放入了心思和构思，投入了爱心与耐心，一下一下地凿，一点一点地雕。冰块"刁钻"，它溜滑、易碎，然而，师傅化身为"移山的愚公"，不屈不挠，终于，冰块模糊的面目逐渐清晰，隐蔽的个性逐渐彰显，最后，它变魔术似的化成一个个眉目分明的人、一座座独树一帜的建筑、一只只栩栩如生的动物；此外，许许多多大家耳熟能详的人，也活灵活现地从历史、从神话、从寓言里施施然走了出来。

在中国、在瑞士、在日本，每回看冰雕，总啧啧赞叹："啊，那么传神，那么生动，那么细致，那么精美！"大件的冰雕，雄浑巍峨，气势磅礴；小件的冰雕，玲珑剔透，美不胜收。

冰块的冷，销声匿迹，取而代之的，

是艳，是一种让人心旌动荡的艳。冰块的硬，浑然消失，取代它的，是柔，是一种任君使唤的柔。师傅点石成金，使原本"麻木不仁"的冰块有了表情，有了感情，有了生气，有了生命。

然而，每回看冰雕，我总在击节叹赏之余心生惆怅。

美得惊世骇俗，却转瞬成空。既然生命短若朝露，值得为它如此耗时费力吗？

"当然值得！"一名冰雕师傅毫不犹豫地应道，"将冷硬如石的冰块雕出活泼的生命，本身就是一种难得的挑战呀！"

问题是，一切努力在短短一季过后便付诸东流，痕迹不留，这样的艺术，未免太"虚"，也太"空"了吧？

对此，冰雕师傅淡淡地应道：

"曾经存在，就是永恒。"

我是"种瓜得瓜，种豆得豆"的信徒，这样的说辞，对我的说服力是不足的。

最近，一位深谙哲学的朋友谈起冰雕，却有着截然不同的看法，他认为冰雕师傅其实是在实践一种"放"的哲学。

"放"，是人生一种美丽的境界，唯有懂得在适当的时机放下曾有的风光和辉煌，懂得在应该放手时完全地放开，才能活出一种意境高远的淡泊。

淡泊，不是退隐淡出的消极，而是洞悉世情的豁然；而放下，既不是忘记，更不是放弃。人生，唯有不断地创造，放下，再创造，才能攀登一个又一个高峰，也才能顺心惬意地活出自己的精彩。

一位冰雕师傅双目晶晶发亮地对我说道：

"每次当冰雕在灯光下折射出绚丽的色泽、散发出斑斓的光彩，我都会为那难以言喻的美而震撼不已！"

正是这种对美终生不懈的追求，使他从事冰雕长达20余年而依然满腔热忱。对他而言，每到大雪纷飞的季节，便是他迎接挑战的时节了！

以《品读天下事：放是一门学问》为书名，就是希望向读者传达一个信念："放"绝对不是一种无奈、一种遗憾，不是的；它是一门学问，读懂了这一门学问，心境就澄清如镜了；读懂了这一门学问，人生的道路也就走得顺畅了。

深深感谢中国深圳海天出版社为我出版这部小品文集，让我得以和广大读者通过美丽的文字分享"放"这门隽永的学问。也衷心感谢新加坡玲子传媒私人有限公司的执行董事林得楠先生倾尽全力促成了这项合作计划。

尤今

2018 年 3 月 1 日

目　录

物奴

这个大皮包，是在摩洛哥向一位柏柏尔土著买下的。小牛皮，极轻、极软，背在身上，柔若无物；拿在手上，却又感觉到一种生命力的悸动。我不舍得用，一直秘密收藏着。

最近，惯用的那个旧皮包断了带子，我决定用这个新皮包到尼泊尔旅行。

逗留在尼泊尔的第二个星期，便碰上了雨季。凄风苦雨横来直扫，每天撑伞出门时，我总先去护那皮包，生怕它湿了、霉了、坏了。人在伞下，心系皮包。皮包虽然轻如云絮，感觉上却重若秤砣。

一日，外出时，正值狂风暴雨，处处积水，路面溜滑，好似铺了一层薄冰。我走着走着，一个趔趄，栽了个跟斗。说来难以置信，跌倒的那一刹那，我一心想要保护的，居然是身上背着的那个皮包！结果呢，徒劳无功，人与皮包齐齐趴在污水里。狼狈不堪地爬起来时，我双腿剧痛，然而，看到泥污一片的皮包，心比腿更痛。

慌忙扶我起身的日胜，看到我急急验视的不是自己的腿伤而是皮包的坏损程度，忍不住摇头说道："不就是一个皮包吗，值得如此操心？！"一句话，可就把愚昧的我骂醒了。

是啊是啊，物役于人而物是奴，反之，人若役于物，那人，便是愚蠢的"物奴"了。实际上，世间许多人，正因为沦为"物奴"而不自知，一生汲汲于物质，与快乐绝缘。

自那日起，风里来、雨里去，我把皮包挂在肩上而不放在心上，快乐得十分潇洒。

小启示

东西买来就是要用的，用它时，难免会弄脏、弄坏，不必过于在意，否则，一天到晚战战兢兢、如履薄冰，沦为物奴，得不偿失呀！

蚊帐

蚊帐，和人世间的许多陷阱惊人地相似。

素闻尼泊尔蚊子肆虐，上路之际，便带了驱蚊油。

蚊子果然多、肥、凶、猛，一群一群地来，厚颜无耻、死赖不走。

驱蚊油非常有效，在双耳、双手、双腿上各涂抹少许，蚊子便含怨带怒地高飞远走，丝毫不敢欺近身来。靠着这瓶驱蚊油，我大城小镇处处走，高枕无忧。唯一让我感觉不舒服的是，涂上驱蚊油的部位油淋淋、滑腻腻的。

来到了奇旺国家野生动物园，一看到旅舍里静静地垂挂在床边的蚊帐，我便心花怒放了：啊，终于能够暂时摆脱那黏答答的驱蚊油啦！

那天，在外活动竟日，累得好似一头犁了百亩田的老牛。我钻入蚊帐，大睡特睡，睡成一摊萎靡的烂泥。

次日起身，我吓坏了——两条裸露的手臂斑斑点点、浮浮凸凸、大大小小、红红肿肿，全是蚊叮、蚊咬、蚊吮、蚊吸的痕迹！

昨晚，当我钻入蚊帐时，一心以为那是个安全的地方，愚蠢地解除了一切戒备，结果，着了道儿、中了圈套，让居心叵测地躲在蚊帐里的蚊子饱饱地享受了一顿"盛宴"！

蚊帐，和人世间的许多陷阱惊人地相似。

小启示

人生处处是陷阱，我们应该时时、事事保持高度的警觉性，这样才不会误落圈套而给自己惹上没完没了的麻烦。

机器人

不乐业的人，生活的内容往往是一片无趣的空白。

到超级市场买东西，一名中年妇女站在食物架子旁，代表某家食品公司推销杏子麦饼。一看到我，便以"提高健康意识"为主题，鼓其三寸不烂之舌，劝我购买。我试了，觉得将清香扑鼻的杏子嵌在松松脆脆的麦饼里，的确美味可口，一口气买了四大盒。

我一走开，便听到她只字不易地以一模一样的话语向其他的顾客兜售同样的东西，一成不变的声音回荡在冷冷的空气里，好似一盒周而复始地播放着的录音带。

我推着购物车子，在架子间兜来转去，不经意地经过她面前时，她立刻又对着我，以"毫厘不差"的语言、语气和语调，兜售她的杏子麦饼。我指了指推车里面的东西，笑笑应道："我刚刚不是已经买了吗？"

过了不久，当我第三次经过她面前而她又向我兜售时，我哑然失笑。

站在面前的这位妇女，其实仅仅是个会呼吸的"机器人"——只要有人从她面前走过，她便会扭开装置在身体内的那台"无形的录音机"，不辨对象地播出同样的内容，而对于周遭的一切呢，她全然视而不见、听而不闻。

她也许敬业，但是，绝对不乐业。

不乐业的人，生活的内容往往是一片无趣的空白。

小启示

不论从事什么行业，如果能抱持敬业、乐业的心态，不但可以充分地享受到工作的大乐趣，还能在事业上开拓更为亮丽的天空；反之，日子只不过是一个又一个无趣的重复罢了！

无形的商店

现代人生活忙碌，网上商店样样齐全的"一站式"服务，提供了许多便利。

2006 年 12 月到杭州一游，我惊异地发现，当地的消费形态已发生了颠覆性的变化，更明确地说，购物热潮已从有形的商场、店铺转移到无形的网上商店了。杭州好友汪逸芳就意兴勃勃地告诉我，她现在已直接从网上购物而不再耗时费事地去逛商场了。

网上购物？

我心中有成箩盈筐的疑问。

首先，网上货物品种不全，选择有限，而商场货品却应有尽有，两者条件天差地别，又如何相提并论呢？买者万一买到赝品，又怎样去追讨公道？再说，对方倘若是"如假包换"的骗子，设个子虚乌有的网站，购买者付款后领不到货，岂不是成了自愿上钩的冤大头？

汪逸芳听着听着，忍不住笑了起来，说："你的顾虑，全不存在。"接着，她娓娓娓道出网上购物的诸种好处，我呢，像个时代的落伍者，听得一愣一愣的。

她指出，目前，在杭州最为可靠、规模最大的购物网站是淘宝网。货品琳琅满目，多不胜数，可以这么说：任何东西，只要你想买，网上便会有。价廉者如手巾，价昂者如手机，任选；小至电池，大至电视机，都有。更绝的是：你如果买了一部相机，不喜欢那个特定的套子，网上有专门为各款相机设计各式套子的商店，你可以大选特选，选到心满意足为止。

由于网上商店全是"虚设"的，没有店面，不需要缴付店租，又不必雇请店员，无形中节省了许多基本开销，因此，同样的货品，从网上购买，往往比实体店里便宜，有时，便宜的幅度大得惊人。比如说，杭州一位年轻的网民赵晨便以切身经验告诉我：他曾以1400元（人民币，后同）在网上买了一块名牌手表，同样的手表在实体店里的售价是2500元，前者比后者足足便宜了1100元！着实令人咋舌。

现在，许多网民都把商场当作"商品陈列室"，先去商场浏览，看中了某样商品后，记下商品信息，然后上网购买。

现代人生活忙碌，网上商店样样齐全的"一站式"

服务，提供了许多便利。比如说，女性分娩后，不必迈出大门，只要点击电脑，小至奶瓶、尿布、奶粉、爽身粉，大至婴儿床、小推车、小衣柜等，不费吹灰之力，便可"一网打尽"。

不过呢，有人表示，网上购物有三戒，那就是药品、食品和护肤品，因为万一买到真伪难辨的赝品，有损健康和美丽，纵是便宜，也得不偿失。

有趣的是，买卖双方还可以通过网络相互对话和议价呢！交易谈成后，不是以"货银两讫"的方式进行的。买者先得在"网上银行"（俗称"支付宝"）存入购物的款项，卖者视商品的大小而通过快递方式把商品寄给买者。买者收到后，仔细检查，证实没有坏损、短缺或鱼目混珠，才通知支付宝付款；否则，可以退货。有"支付宝"充当中间人，买者买得安心而卖者又有保障，是双赢局面。

值得一提的是，最近这些年来，由于电子邮件大行其道，导致邮政局生意一落千丈。现在，网上商店兴起，货品有赖于邮政递送，原本一蹶不振的邮政局也得以咸鱼翻身了。

网上商店有没有可能全面取代实体商场呢？

不可能。

汪逸芳分析，网上交易全得依赖电脑，对于家无电脑或是不谙电脑操作者来说，网上购物永远只能是"水中月""镜中花"而已。

我想，还有另一类人，他们把逛街购物当作生活里的一大乐趣，喜欢热闹喧腾的人气，喜欢摩肩接踵的热闹，喜欢讨价还价那种互动的人际关系。网上购物？哟，太安静，也太寂寞了呀！

小启示

网络科技的发展已经改变了我们的生活方式，我们必须与时并进，才不会成为时代的落伍者。

姐妹俩

每回到马六甲去，总听到她们投诉彼此，越说越凶，最后，总是恶脸相向。

姐妹俩年龄相加，刚好 100 岁。姐姐 58 岁，妹妹 42 岁。

姐妹俩云英未嫁，分别住在相隔一里之遥的公寓里。我与她们的关系"九曲十八弯"地隔了许多层，只能不清不楚地称她们为表姐、表妹。

表姐已退休，身体不好，落落寡合；表妹在百货公司里当主管，身强体壮，意气风发。姐妹俩天天晤面，却龃龉不绝。

每回到马六甲去，总听到她们投诉彼此，越说越凶，最后，总是恶脸相向。

我自认旁观者清，觉得表妹处处体现温情，表姐却处处不领情，所以，总帮着妹妹说姐姐。

最近，又去马六甲，住在表妹的家。

表姐一大清早过来时，我在漱洗室，只听见表妹兴高采烈地说道："我一早到菜市去，有上好的五花肉，顺便给你买了一公斤。"岂料表姐语气不乐地应道："我不是曾经告诉过你，我现在已经减少吃肉了吗？上回你买的，我还没吃完哪！现在，这肉，我不要了。"表妹耐心地说："既然我已经买了，你就拿回去吧！"表姐坚持地说："我吃不了那么多，不拿了。"表妹显然生气了，高声应道："你不要，就拿回去丢掉好啦！"

我从漱洗室出来时，表姐变苦瓜而表妹变黄连，满室都是风雨欲来的死寂。我觑了个空，把表姐拉到一边，说："是你不对！妹妹好心买了肉给你，你却不要，多伤人！"表姐余怒未消，应道："已经说了很多次，叫她不要再给我买肉了，她老是不听，这一回，我硬硬拒绝，给她一个教训嘛！"我说："既然已经买了，你就收下慢慢吃嘛，她也是一片好心！"表姐说："她有的是好心，我有的却是苦心啊！你知道吗，她固执得像石头，别人的话，总当耳边风！"唉！我叹气——喊抓贼的往往便是贼，明明是自己固执，却说别人像石头。

表姐悻悻然地走了，那一条丰满透亮的五花肉，意兴阑珊地躺在桌子上，一无是用地闪着身上的油光。

晚上，就寝之前，表妹问我："明天早餐要吃什么？"我坦白而诚恳地告诉她："明天中午12点，有人请我去吃牛肉火锅，我如果早餐吃得太饱而中餐吃不下，便会辜负主人邀约我的一番美意了。你千万千万不要为我张罗早餐，好吗？"她唯唯诺诺。

次日，我睡到 10 时许，懒洋洋地起身，一迈出房门，食物的香味便扑鼻而来。表妹满脸笑容地对我说道："我一大清早上菜市，买足材料给你炒了这盘面，快点趁热吃吧！"看着桌上那盘她用足心思炒得五彩缤纷而又堆得小丘般高的炒面，我瞠目结舌。她催我："吃呀，快点吃呀！"此刻，在炒面袅袅升起的烟气中，表姐的话清清楚楚地浮上了脑际："你知道吗，她固执得像石头，别人的话，总当耳边风……"

小启示

与人相交，必须时时考虑对方的感受和需要，切切不可将自己的想法强加于人，否则，你所释放出来的善意，也许会成为对方的心理负担。

公厕景观

这几年到中国大小城市去旅行，却发现中国的公厕已出现了"两极化"的现象。

根据报章报道，为了迎接 2008 年的奥运，北京市政府将从今年起，每年拨款 1 亿元人民币（约合 2077 万新加坡元），建新公厕。

中国公厕的设备与卫生问题，长期为人所诟病；然而，这几年到中国大小城市去旅行，却发现中国的公厕已出现了"两极化"的现象。

到深圳、广州等大城市去，某些豪华餐馆的厕所极尽奢华之能事——光可鉴人的瓷砖地板抹得纤尘不染，空气里飘浮着芬芳的气息；各种新式设备应有尽有，如自动式冲水马桶、强劲的感应流水器和烘手机；此外，晶晶发亮的大镜子、色泽鲜丽的洗手液、柔软的厕纸、洁白的面巾等等，一应俱全；更为"夸张"的是，厕所外面还站着身穿及地旗袍的侍应生哈腰开门，厕所里面另有员工为客人递送面巾、小梳子，使客人在恍惚之间以为自己已跻身皇族行列呢！

然而，如果旅客因此而以为中国的厕所已超越国际水平，那可错得一塌糊涂啰！在许许多多经济不甚发达的地区，甚至在某些人人称誉的大城市，依然存在着简陋得匪夷所思而又邋遢得不堪入目的厕所。类似上述那种"贵族厕所"，寥若晨星。

有人打趣地将中国厕所分成四大发展阶段。

第一阶段，是"背对背"。如厕的人，一个个规规矩矩地蹲在一条长沟上面，默默地对着别人的背部"办公"。许多时候，水流不畅，秽物层层叠叠地堆在长沟里，成群的蛆虫蠕蠕而动，臭气熏天，恶心万分。

第二阶段，是"面对面"。厕所里因陋就简地挖了多个圆圆的小坑，分列两排，如厕者各占一个坑，面对面，一面努力办公，一面闲话家常，话题甚至包括待会儿到菜市去该买些什么食材烹煮晚餐等等。许多早期到中国的游客，都领教过这类公厕。他们的应付方策是：把随身携带的雨伞张开来，当作"屏风"，用以保护自己少得可怜的隐私。

第三阶段，是"身傍身"。公厕里开始有了小小半扇"门"，象征性地将如厕的人隔开，蹲着办公时，双方仍可扭头交谈，一旦站起来时，视线无处不可及。那扇门，作用全无。

第四阶段，进入了"文明世界"的"独庭独院"。大门一关，风景里面独好，可是，卫生和设备依然是个令人头痛的大问题。地上尿渍处处，抽水马桶无水可抽，门锁坏了没人修理，厕纸、肥皂要啥没啥。更惨的是，厕所门掉落了，如厕者依然若无其事地在众目睽睽下"干其好事"，人性的尊严等于零。

最近，到延安去，又发现了同一城市的"两极化"现象。外资快餐店的厕所，间间光洁明亮、香气氤氲，厕纸和洗手液供应不绝；可是，由当地人所经营的许多餐馆呢，厕所依然是脏脏、湿湿、臭臭的，往往厕所走一回之后，三月不思肉味。

值得"玩味"的是，在延安，任职于当地餐馆和外资快餐店的工作人员，都是道道地地的中国人，可是，由于经营理念和管理方式的不同，却出现了迥然而异的两种"公厕景观"。

这个现象，着实引出了一些令人深思的问题。

好的"硬件"如果没有好的"软件"相互配合，形同虚设。

小启示

　　要保持公厕的卫生水平，除了有赖于管理者的责任感之外，更为关键的是使用者的心态。如果管理者能多关注公厕的设施和使用情况，而使用者又具有一定的公德心，公厕当能时时呈现洁净的面貌。

得饶人处且饶人，要知道，发射出去那一支支煨毒的箭，有时是会在逆风里倒插入自己胸口的！

2007 年 4 月，天津市一间民宅起了熊熊大火，消防队员赶到时，却发现屋内女主人的咽喉被残忍割断而离奇死去。警方马不停蹄地侦查，落网的凶手赫然是年仅 17 岁的高中生李毕成！

全市哗然。

广州《家庭》杂志的记者飞涛奔赴实地，深入采访，揭露了蕴藏在这宗冷血谋杀案背后那令人痛心的故事，通过洋洋上万言的报道，敲响了社会的警钟。

离婚妇人周阿姨经营一间小店营生，就读于小学的李毕成和她毗邻而居，常到小店帮忙。周阿姨很信任他，偶尔有事离店，也会让他帮忙看店。然而，2000 年所发生的一件事情，却彻底破坏了他们之间的和谐关系。

那一天，鬼迷心窍的李毕成从半开的抽

屉里偷了五元人民币，不巧被周阿姨转身看到了，她勃然大怒，扯着他回家，向他父母告状，结果，李毕成的脸颊被他愤怒的父亲当场捆得又红又肿。天真的李毕成原以为道歉过后便雨过天晴，次日照样去周阿姨店里帮忙，没想到却被周阿姨以粗暴的语言轰了出来。

这名年仅 10 岁的小少年，从这天起，便陷入了长达七年的噩梦中。他起初慑于周阿姨恶毒的谩骂，一看到她，便绕道而走，可是，周阿姨却向他父母投诉，说李毕成刻意逃避她。挨了父母一顿好骂，李毕成每回经过小店时，都会主动向周阿姨问好，可是，每声问候都会换来她不留情面的训斥。在她刻毒的谩骂声中成长，李毕成却不敢告诉父母，因为父亲恫言只要周阿姨投诉，便会痛打他，所以，他只能一声不吭地任由她骂。可怕的是，流走的岁月并未冲淡她的恨意，她越骂越难听，甚至当着他人面前也照骂不误，把他骂得完全抬不起头来。深感屈辱而又没有发泄管道，他只好借助于网吧的暴力游戏来解气。

在周阿姨日复一日的臭骂和辱骂里，他暗下决心，努力求学，以优异的成绩来帮助自己挺胸做人。2002 年，他果然以出色的成绩被当地最好的中学录取了。然而，周阿姨居然对他照骂不误："上最好的学校也学不出一个好，你就是一个小偷！"

他怀着屈辱之心，继续努力读书。

2002 年，小区有户人家丢失了几千元，周阿姨一口咬定是他偷的，他一辩解，她便破口大骂，弄得人人对他指指点点，认定他就是窃贼。后来，失钱的那户人家找回失款，解释说放错了地方。可是，周阿姨却强词夺理地说："毕成在我的教育之下，悄悄把钱放回去了。"

在一年比一年更为凌厉的羞辱谩骂中，李毕成升读高二。他成绩优异，又是篮球高手，是学校里一块发亮的宝石。一日，有几位同学来访，向周阿姨问路，她竟劝他们"少跟那个贼来往，否则早晚会进大狱"。李毕成知道后，六年的屈辱瞬间涌上心头，他找到了周阿姨，抢起拳头就要打，却被同学及时阻止了，周阿姨跳着脚誓言要"骂他一辈子"。

这只受害多年的沉默羔羊被她逼进了死角，决定好好教训她一顿。他在 2007 年 4 月晚上潜入她家，把熟睡的她狠狠捅醒，再用水果刀在她脸上划了两道口子，说："我拿你五元，你骂我六年，六年来我天天喊你阿姨，就是想请你原谅，可你还是天天骂，我要再不还手，非给你骂疯不可！"他边说边流泪，看到她哆哆嗦嗦地缩成一团，他心软了，说："您先用盐水把伤口处理一下，明早我买药送来。"没想到他刚一转身走开，周阿姨便狂喊救命，李毕成返回，举刀便刺，之后放火烧她。

冷血杀人，天理难容。然而，对于多年以来每天被毒话化成的乱箭猛射而曾生出寻死之心的李毕成来说，他在动手之前，精神已多次被进行"软性谋杀"了。换言之，他在杀人之前，自己实际上已经历尽煎熬地死了千百次！

得饶人处且饶人，要知道，发射出去那一支支煨毒的箭，有时是会在逆风里倒插入自己胸口的！至于对儿子的心理一无所知而动辄以体罚恐吓孩子的父母，有时也可被视为无知的"帮凶"。

小启示

伤人的话，就像尖长的钉子，给他人留下的是永远的痛。有时候，一句不经意的话，也会摧毁一个人的信心哪！反之，温馨的话、鼓励的话，或许可以拯救一个堕落的灵魂。鉴于此，开口之前，宜三思啊！

为大地清洗脸庞

大地和人一样，是有知觉的，你如果不喜欢别人往你的脸上扔垃圾，就永远也不要往大地随意丢垃圾。

在溽暑逼人的 6 月，来到了神州大地。

为了能够好好地欣赏沿途变幻不定的风光，由郑州到太原这一长段路，我们决定搭乘长途公共汽车。

车程长达九个小时，车内设备完善——冷气、厕所、电视机、过滤食水器，一应俱全，简直就像是一间会走动的小旅舍呢！

中午，车子停在一间简陋的小店前，让乘客用餐。一对母子买了饭菜，带上车去吃。车子开动时，母子俩还在大快朵颐，局促的空间里飘浮着食物浓浊的气味儿。吃得七七八八时，妇人站起身来，施施然走到车子后方的阶梯处，随手一扬，饭盒脱手飞出，盒里的残羹剩饭犹如"天女散花"一般，散落四周。我瞠目结舌，然而，她那约莫八岁的儿子，看着这极端丑陋而又让人难以置信的一幕，神情却是淡然而又漠然的，显然早已习以为常了。

我气急败坏地喊道："喂，你怎么可以这样乱丢东西！"她冷冷地斜睨我一下，若无其事地走回座位。这时，跟车员闻声而来，我将阶梯不堪入目的狼藉指给她看。她嘱司机停车，开启车门，以脚把饭盒轻轻踢出车外，便算了事，对那妇人竟无一言半语的责备。

"顾客永远是对的"，是私人企业如假包换的信条。此刻，像刀子一样剜着我心的，是车上的孩子那双淡定的眸子——那双把一切收诸眼底而又全盘接受的眸子。

就在这时，另一双亮晶晶的眼睛，突然好像火炬一样，燃亮了我陈旧的记忆……

小赵住在中国南方的佛山。在一个阳光金灿灿的秋天早晨，我们在公园漫步。让我惊讶的是，不论走到何处，只要看到地上有纸屑、有果皮，她总不厌其烦地弯腰拾起来，放入随身携带的塑胶袋子里。

我由衷地称赞她具备良好的公德心，她双目澄亮地说道：

"我爷爷是农夫，我爸爸是农村里的教师，他们老是告诉我，大地滋长百谷，是我们的粮库，我们必须心存感激，好好爱护它，不得随意污染、弄脏。小时候，有一回，爸爸带我出去玩，奶奶给了我一包卤水花生，我吃完之后，把花生壳一股脑儿地扔到草地上，爸爸看到了，二话不说，立马蹲下来，耗时费劲地把花生壳一个一个慢慢地捡起来，然后，正色对我说道：'大地和人一样，是有知觉的，你如果不喜欢别人往你的脸上扔垃圾，就永远也不要往大地随意丢垃圾。'这是我铭记终生的一件事。"

小赵犹如一个在海边捡海星的人，也许有人认为她傻，可是，当她为大地清洗脸庞的时候，她同时也在洗涤着许多人的心灵。

小启示

大自然是属于大家的，需要大家的爱护与尊重。我们应由自身做起，进而影响他人，使大自然的青山更为青翠、绿水更为清澈、大地更为洁净，也使整个居住环境变得更为怡人。

发绿光的眼睛

饥饿的人，最可怕的是眼神，那是一种幽幽地发着绿光、"穷凶极恶"的眼神。

每回在电视上看到有关"竞食"的新闻，总难以遏制地觉得难过。

闪着油光的汉堡包在眼前堆积如山，吃着的那个人，眼露凶光，张开血盆大口，食不知味地把原本美味无比的汉堡包拼了老命地往口里塞，塞塞塞、塞塞塞，塞得上气不接下气，塞得双目鼓突而青筋暴露；吞吞吞、吞吞吞，把胃囊填成一面圆圆的鼓，把肚子胀成一个一触即破的大气球，方才偃旗息鼓，"鸣金收兵"。

实际上，在整个大塞大吞的过程当中，他根本不是一个有生命的个体，仅仅只是一个装收废物的超级垃圾桶罢了！食物，没有经过细咬慢嚼的品尝过程，便惨惨地被抛进了暗无天日的"垃圾桶"里！

暴殄天物，是对粮食的一种亵渎。

最近，又在一个以"厌食症"为题的电视节目里，看到另一类"糟蹋粮食"的人。

爱美已成病态的少女，在吃下了美味佳肴之后，跑进厕所，以手指挖喉，大呕大吐。可怜的粮食，在转化成身体的养分之前，就已莫名其妙地被驱逐出体外了。

近读由世界宣明会所出版的杂志 *World Vision*，它披露了目前全球在发展中地区的人，有八亿四千万人因为缺乏足够的食物，长期营养不良；而在非洲撒哈拉地区，接近四成人口长期营养不足。专家甚至预测，到了 2007 年，非洲撒哈拉地区将会有三分之二的人口缺乏足够的食物，而全球将会有两亿儿童由于膳食营养不足，以致发育迟缓，甚至在健康上受到一定程度的戕害。

在非洲旅行时，最震撼我的，是那种无所不在的贫穷。生活的素质荡然无存，人们唯一却往往又达不到的"要求"是：饱肚。

曾经进入深不可测的撒哈拉大沙漠与游牧民族共住帐篷，主食是烙饼，而生活中最大的奢侈品是"盐粒"，每天只要有大片的烙饼，撒上犹如水晶般闪亮的盐粒，便是最大的满足了。孩子的腹部全都圆圆鼓鼓的，他们肚子鼓圆，不是因为饱食，而是因为缺乏营养。

曾在肯尼亚的土著村庄里，看到许多因为长期饥饿而变得瘦骨嶙峋的小孩，对他们来说，也许过了今天，不知道明天会不会来。饥饿的人，最可怕的是眼神，那是一种幽幽地发着绿光、"穷凶极恶"的眼神。

刚才，在电视节目里，又看到了穷极无聊的"竞食"节目。这回，竞食的是面条。长长的桌子上，放着一碗又一碗闪着黄金般亮泽的面条，参加者双目幽幽地发着绿光、"穷凶极恶"地夹着碗里的面条，吸吸吸、吮吮吮，此刻，他们不是一个有生命的个体，仅仅只是一根吸力强大的吸管……

同样是地球村的子民，饥饿的人有要求吃饱的权利；然而，饱食的人又哪来的权利如此肆意糟蹋粮食呢？

小启示

大地孕育万物，再经过农夫辛苦的耕耘，才成为我们盘中的食物。知道一米一饭得之不易，我们不应该随意浪费一分一毫。更何况地球上还有许多子民，日日在忍受饥馑之苦呢！

蟑螂

到快餐店去用餐，隔邻坐了几名初级学院的学生，正以英语掺杂华语的方式笑谈有关蟑螂的种种趣事。

甲说："最怕那种会飞的，薄薄的翅膀黑油油的，'呼'的一声朝你直直飞来，魂魄都给它活活吓跑！有一次，我在大厅里看电视，半夜从窗外忽然飞进一只，我吓得汗毛直竖，立刻逃进房间里，锁上门，还用被子把门缝塞住呢！第二天早上，我妈发现大厅里的电视、电灯、电风扇全都开着，生气地骂不停口，我耐心地等她骂完了，才说，有只很大很大的蟑螂飞了进来！我妈一听，脸色发青，连连问我，在哪？蟑螂在哪儿？老实告诉你们，我妈比我还怕蟑螂呢！"

众人捧腹大笑。

乙说："我婆婆住在乡村，天天拿只玻璃瓶，屋里屋外、村前村后，走来走去，活抓蟑螂。她动作利索，黑影一现，手掌一扑，肥肥的蟑螂便稳稳地被她夹在双指间。她一只接一只地抓，蟑螂在玻璃瓶里，一只压着一只，胡乱挣扎，黑影乱闪，翅膀乱扑，恐怖极了。"有人骇然问道："噫，你婆婆抓蟑螂当宠物啊？"乙笑道："才不是呢，她养鸭子，以活蟑螂作为饲料——把蟑螂一只一只从瓶子里揪出来，活生生地塞进鸭子的大嘴巴里，鸭子全都吃得津津有味呢！"

众人大呼恶心。

丙说："有一夜，睡到蒙蒙眬眬时，突然感觉有东西爬上我的手臂，酥酥的、痒痒的，我无意识地把它抓在掌心里，用力捏死它。早上起来，以手揉眼时，闻到一股臭味，这才发现，半夜在黑暗里被我捏死的，竟是一只硕大的蟑螂！蟑螂被我捏得不成形，汁液全都粘在掌心里了。天啊！我冲去洗手，足足用掉了一整瓶清洁剂，手上的皮几乎被我擦得掉落下来！"

众人发出嘘声，骂她夸张。

丁说："我与蟑螂，每次相遇，便各自朝不同的方向逃走，它跑得快，我逃得更快，'相敬如宾'呢！"

戊说："我是格杀勿论！买了一打杀虫喷雾剂，放在屋子里各个大大小小的角落，见一只杀一只，绝不手软。不过呢，收尸的工作就得由别人去做啦！"

这时，戍突然问道："呃，蟑螂这两个字，中文怎么写？"

大家面面相觑，没人出声。

半晌，丙试探着说："好像是张学友那个张。"众人点头，应道："对对对，就是张学友的那个张字。"甲又问："蟑螂的螂呢？"这一回，丙毫不犹豫地答道："不就是新郎的郎啰！"众人心服口服，对着丙竖起拇指，交口赞誉："哇，真厉害！难怪你中四（中学第四年）会考时华文这一科能考到优等啦！"

小启示

现在，有许多普普通通的词，莘莘学子都写不出来。追溯原因，到底是他们平时疏于练习，还是大家习惯了以汉语拼音输入汉字，或是年轻的一代认为已经没有书写中文的必要了呢？

道歉

道歉，如果假手于人，诚意何在呢？再说，没有了至诚的眼神和肺腑之言，再多的鲜花和礼物，复有何用？

最近，两名同事为了不同的原因先后向我道歉。

那天，刚从课室回返办公室，甲便匆匆忙忙地向我跑来，结结巴巴地对我说道："对不起，实在对不起。刚才我把一些文件放到您桌上时，不慎弄倒了您桌上的水杯！"我审视桌上的学生作业，一圈一圈漫开的水迹，使纸上的字迹显得很模糊。甲诚惶诚恐地说道："就让我亲自向您的学生道歉，好吗？"我请她不必介怀，然而，她还是一再道歉，我于是一再请她释怀，她这才低声说道："我很重视您的感受，担心您生气，是因为我实在很珍惜我们之间的友情。"

我很感动。就算她犯了再大的错，凭着这几句话，一切的不快，都会烟消云散，更何况，这仅仅只是无心之失呢！

乙呢，为了自己的心直口快而道歉。

一日，我做了龟苓膏请同事们品尝，顺口问她："好吃吗？"她皱着眉头应道："噫，太苦了！我不喜欢。"嘿，龟苓膏这东西，就和榴梿一样，反应两极化——爱它的人一想起它便神魂颠倒，怕它的人一看到它便直掩鼻子。萝卜青菜，各有所爱，这个世界之所以缤纷多彩，完全是因为人人口味不同嘛！没有想到，次日一大清早，她便巴巴地跑来，诚诚恳恳地向我道歉："我昨天回家后，坐立不安，觉得实在对不起你，你好心好意耗时费事地做了龟苓膏请我们吃，我非但不领情，还泼冷水地批评说太苦了。回家后想想，实在过意不去！"听着她以甜美的嗓子说着这一番话，我觉得有潺潺清溪流进了心坎深处。乙是性情中人，自觉语言如刃，误伤他人，刻意拿了绷带来为他人裹伤。尽管我全无伤势，可是，她道歉的诚意依然深深地触动了我的心。

近读中国报刊，知悉退休老人刘青日前在天津市成立了一家道歉公司，只要花 20 元人民币，便能让对方享受到"上门服务"的道歉方式及收到一份温馨的小礼物。刘青表示，创设公司的目的在于让两个因误会或摩擦而僵持不来往的朋友重新建立联系，化解那座看不见的冰山。他认为开业以来感受最深的是，当他们受人委托拿着委婉的道歉信、怒放的鲜花和美丽的纪念品，送给另一方，双方重归于好的喜悦，以及自己以谦卑的姿态代人道歉所学习到的柔软，于人于己都是功德一件。

这公司，我绝不光顾。

道歉，如果假手于人，诚意何在呢？再说，没有了至诚的眼神和肺腑之言，再多的鲜花和礼物，复有何用？

"对不起"这三个字，具有无穷的威力。问题是：许多人心里有它，却永远说不出口。搁着不说，渐渐地，发霉了，那份原本有转圜余地的友谊也永远腐烂了。

小启示

源自内心的道歉，才具有实质的意义。唯有为自己的错误真诚地道歉，曾有的裂痕，才有愈合的可能。

过了几天，搭乘另一辆计程车，司机同样谈兴极浓，可是，句句都是牢骚，大事小事都不满，好似全天下的人都欠了他的债。

我是个无可救药的路盲，虽然有车，却因为认不得路而得时时搭乘计程车。

这天，碰上一位谈兴极浓的司机，便问道：

"新加坡街道大大小小那么多，你怎么记得呢？认路，是不是受训课程的一部分？"

"训练课程？"他一听便哈哈大笑，"单靠理论，有什么用？就算你把路的指南背得滚瓜烂熟，也不能确保能在最短的时间里把乘客送到指定的目的地去，因为有些建筑藏在小小的巷子里，地图上根本没有标出，刻意找它，耗时费事，有时，还得绕上许多冤枉的圈子呢！"

这样不愉快的经验，我确实有过，所以，频频点头。

他再次开口时，语气变得十分严肃：

"学东西，单靠脑子记是不行的，必须用心学才行。我驾车时，眼睛不单单向前看而已，左边右边，我都注意看，看标志、看建筑，然后记在心里。不是我夸口，新加坡大小街道有些什么机构，我大致知道。乘客上车，不必说地名，只要告诉我，他要到哪个机构去，我便能准确无误地把他送到。"

　　他的自信，是靠长期不懈的努力挣来的。

　　那一天，在那长约 40 分钟的路程里，他当了我"循循善诱"的"导师"，把那一长段路的发展历史、建筑特征、各大机构的分布情况，一一如数家珍地告诉我。

　　我真心诚意地称赞他常识丰富，他受之无愧地应道："不管做哪一行，都得有上进心才行呀！"

　　过了几天，搭乘另一辆计程车，司机同样谈兴极浓，可是，句句都是牢骚，大事小事都不满，好似全天下的人都欠了他的债。我听着听着，恨不得耳朵生出一层厚厚的茧，把他类似"喃喃自语"的投诉挡在耳外。听，此刻，他正恨恨地说道："有些乘客啊，自己不懂路，却又以为我想骗他，口口声声说我绕远路，我就对他说，你去投诉我吧，去啊去啊，以为我怕你吗？"我赶紧换了个话题："如果你碰上了乘客要去的地方碰巧你又不会去，怎么办？"他从后视镜瞅了我一下，才说："我就叫他带路啰！"天呀，这样欠缺专业的回答！我又问："如果他不懂路呢？"他毫不犹豫便说："我当然就叫他下车啦！"我骇然惊问："你为什么不查路的指南？"这时，他说话的口气充满了不耐烦："什么指南指北，那样的东西，我不会看啦！"

从事同样的行业，却有着截然不同的态度，我上了人生很宝贵的一课！

小启示

一个敬业、乐业的人，不但事业开展的空间比别人阔，且心境也比"做一行，怨一行"者豁达。

年糕

"你心不诚，便做不成"这句话，也成了我重要的处世哲学。

新年食品当中，独爱年糕。

圆滚滚、甜滋滋、滑溜溜、亮晃晃，一看到它，心中便自然而然地生出喜庆之意、圆满之感。

小时候，曾有一段时间，我寄居在祖母家。每年岁暮，喧喧腾腾地准备过年的当儿，我最爱的，便是看祖母做年糕。

尽管市面上有现成的糯米粉出售，可是，祖母担心那些糯米粉掺进别的杂质，所以，每年总买大包大包的糯米回来，自己磨。她一面转着那古老质朴的小石磨，一面虔诚地喃喃细语：

"年糕年糕年年高。"

把愿望寄托在传统食品里这种美丽的情愫，让我深受感动。

磨好了的糯米粉，像白雪一样，高高地堆着。祖母在糯米粉中加入水、加入椰糖，搅匀，然后在圆形的铁罐里妥妥帖帖地铺上剪成圆形的香蕉叶，小心翼翼地倒入拌好了的糯米粉，再把铁罐一个一个地搁在炭炉上面的蒸笼里，蒸上几个小时。

蒸好的年糕软滑如水，不黏牙、不滞齿，切片而食，幽香绕舌，那股适口的甜味，晃荡晃荡地由喉头轻飘飘地流进了胃囊里，通体舒畅。

别人做年糕，做不出同样的水准，登门讨教，祖母在倾囊相授之余，总会加上这几句话：

"磨粉的时候，心一定要诚。年糕小气，你心不诚，便做不成。"

祖母已去世多年了，然而，每逢新年吃年糕时，脑子里总会浮现祖母磨粉时那一张虔诚至极的脸，而这些年来，"你心不诚，便做不成"这句话，也成了我重要的处世哲学。

小启示

　　作者的祖母在制作年糕时，把愿望寄托在这道传统食品中；家人在吃着年糕时，也把祖母美丽的心愿吃进了心坎里。祖母"心诚则灵"的信念，如今也转化成作者的人生哲学了。

地图

将平面的地图和立体的地图互相参照而后得出一个新的观感，是我旅行时百玩不厌的一个游戏。

我是先爱上旅行，才学会钻进地图里的。

家里有各种各样的地图，单独成张的、合辑成书的、精装的、平装的、圆形立体的、平面挂式的，林林总总，不胜枚举。

决定了旅行的目的地后，便把形形色色的地图找出来，伏在桌子、趴在地上，一面细细地看，一面频频用红笔把各个大城小镇勾勒出来。

地图，是越看越有韵味的。

有趣的是：每一个国家的地形，看得久以后，便会慢慢地幻化成另一样东西。

印度是飞在空中的一只菱形风筝。

奥地利是一把横放的小提琴。

日本是太平洋与日本海之间一条优哉游哉的鱼。

乌拉圭是不小心滴落在地上的一滴水。

阿根廷是美味的蛋卷冰淇淋。

智利是一长条被绞干水分的布。

只要运用一丁点儿的想象力，地球上的每个国家，都可以让你随心所欲地转换成一个有趣的"物体"。

你在这"物体"里填进山脉、填入河流，准确地画出各个乡镇、各个城市的地点，然后，慎重地把它和你的护照放在一起，上路去了。

一踏进你护照签盖的那片国土，你便惊喜地发现：原本平平地躺在背囊里的那张"地图"，蓦然放大了无数倍，生龙活虎地在你面前站了起来。

远远近近的山峦，含情脉脉地看着你，相看两不厌；波光粼粼的河流，以潺潺的水声向你表达它热诚的迎迓，百听百不厌。

曾经被你用红笔圈着的那个大城、那个小镇，全都奇迹般地活在你面前，你虽然切切实实地踏在它上面，可是，心里却还是患得患失的，担心它像春梦一样在顷刻间了无痕迹地消失掉！

住在这个立体的"地图"里，你耐心地印证书本所给你的知识，你细心地发掘书本所不曾给你的资料。你探索、你思考；你咀嚼、你消化。当你背起行囊离开时，你挥别的，再也不是一块陌生的土地了，它已成了你记忆之库中无法磨灭的一位"贴心老友"了。

这时谈起这个国家，你已有了属于自己的独特观感。

印度的确像风筝，但是，它像一只飞不起来的风筝。它很努力地在挣扎，然而，众多的人口沉沉地压在风筝上面，它挣扎得再辛苦，依然还是飞不起来。

奥地利呢，不折不扣的，就是一把小提琴，整块土地布满了琴弦，人们轻轻地踏上去，美妙的琴音处处飘。

乌拉圭真像水，晶莹剔透、玲珑可爱，无论是民风还是国情，都叫旅人眷恋又怀念。

说阿根廷像蛋卷冰淇淋，它名副其实。表面上一派歌舞升平的繁华气象，然而，日日贬值的货币却是人们生活里挥之不去的阴影，正像融化以前的冰淇淋，美丽又美味，一旦开始融化，口糊、手黏，狼狈不堪。

将平面的地图和立体的地图互相参照而后得出一个新的观感，是我旅行时百玩不厌的一个游戏。

小启示

世界之大，无奇不有。足履天涯时，只要睁大心眼，便会发现，太阳底下，日日有新鲜事，因此说，旅游是自我教育、自我茁壮的一种方式。

风暴过尽，必是艳阳。

曾有一年多的时间，我住在沙漠里。

小小的屋子，位于遥遥的山脊。日胜常常到外地出差，一去数日。我与两岁的孩子，对着寂寂的白墙，"长日漫漫，何以打发"的感觉总是难堪而又难过地滞留心头。

一日傍晚，屋外突然响起了凄厉的风声。翘首窗外，蓦然惊觉天和地已被骤然来袭的风暴搅成了混沌的一片。狂风卷起的细沙，排山倒海地打在窗户与门扉上，整间屋子猛烈地震动着，好似随时会离地而飞。

正惊恐间，身后突然传来了重物坠地的声音，接着，是孩子尖锐至极的哭声。回首一望，绊倒在桌畔的孩子，满嘴尽是触目的鲜血。我扑过去，抱起，骇然发现他嘴角已被桌畔的玻璃斜斜地割裂了。

医务所在离家半里以外的地方，风暴又在屋外肆虐。望着怀里血流不止的孩子，我惊得背脊发凉。试以冰块止血，可是，止不了。血汩汩地流着，我的心，好像被人狠狠地戳了一个大窟窿，绝望而无助。然而，我是一个母亲，是我孩子头顶上的那一片天，我必须硬硬地撑着。取出了一条被单，我把孩子整个包裹起来，紧紧抱在怀中，开门，出去。

门外回旋着的黄沙，疯了似的打在我们母子身上，而风势呵，是这样的猛，我们像两只单薄的风筝，狂乱地做痛苦的挣扎。我一寸一寸地拖着走，不敢把脚提起来，恐怕双足一离地，风便会就势把我们母子俩卷上天去。终于熬到诊疗所时，胸前的衣服已被鲜血染红了一大片。

孩子的嘴，缝了四针。

第二天，我和孩子坐在屋里，我看书，他绘画，恬静和谐。户外，阳光普照，天色亮丽。昨日的风与沙，无影无踪。

自此以后，遇事不惧，因为我晓得，风暴过尽，必是艳阳。

小启示

身为母亲者，在孩子遭逢危险时，一定得凭着自身的智慧和经验，冷静地帮助孩子脱离困境。唯有处变不惊，才能化险为夷。

我们应该有更宽阔的胸襟来容纳对方的错误，也应该把对方的反应当作一面明亮的镜子，从中照出自己的不足、不全、不佳，从而改进、改善、改良。

那天，巴基斯坦的天空像一匹被漂染成白色的布，干净、空旷、高远，将人的心情映照得异常亮丽。

意兴勃勃地雇了一辆计程车，告诉司机要到卡拉嗤骆驼集市去，无奈他听不懂英语，比手画脚、绘声绘影，他都一脸茫然。屡试屡败后，忽然福至心灵，在笔记本上画了一只自以为看起来栩栩如生、呼之欲出的骆驼，出示给他。

他一看，猛猛点头，踏足油门，飞驰而去。

日胜微笑地称赞我："你的图画，可真不赖呀！"

我得意地应道："嘿嘿，你总算又见识了我的一项特长。"

车子跑了好长好长一段路，来到了一条

人潮川流不息的大街上，计程车司机毫不含糊地把车子停在一家店铺前，比了个手势，向我们示意目的地已经抵达。

我狐疑地探头一看，天呀，居然是一间卖鸟的店铺！我画的明明是骆驼，却被他误解成鸟儿！他的错误，着实是对我绘画技能的最大侮辱。然而，此刻，对着满店啁啁啾啾的鸟儿，我不怒反乐，捂着肚子，狂笑不已。

日胜用悲哀的眼神瞅了我一下，叹了一口气，说："还是让我来画吧！"他拿起笔，一丝不苟、一笔一画地把骆驼"带"到纸上去。

计程车司机接过一看，便露出了恍然大悟的表情，猛猛点头，踏足油门，飞驰而去。

日胜一脸得意地说："嘿嘿，我从来不曾绘画，没有想到竟然有此成就！"

我拍马屁："你可真是真人不露相啊！"

车子弯来拐去地走了一大段路后，停了下来。探头一看，行人摩肩接踵，摊贩多如天上星斗，咦，这儿明明是菜市嘛，骆驼呢？连影子都没有！

司机兴高采烈地指着一个卖鸡的摊子。

这一回，我笑得连眼泪也飙出来了。

司机再次犯的错误，总算扯平了我和日胜的绘画水平。

这件事，让我上了人生很宝贵的一课。

每个人心中都有一幅既成的画，而这幅画，无形中便成了我们处理事情的"指南针"，我们一心希望、指望、期望对方能"按图寻骥"，清清楚楚、圆圆满满地把指定的目标完成，没有想到，对方看到的，却是截然不同的一幅画！了解了这一点，我们在处理事情时，便应该有更宽阔的胸襟来容纳对方的错误。此外，我们也应该把对方的反应当作一面明亮的镜子，从中照出自己的不足、不全、不佳，从而改进、改善、改良。

小启示

沟通不当，常常会引起误会、龃龉、纷争，甚至大打出手。因此，学习如何有效地与人沟通是很重要的。

这快乐，不是轻浮地展露在笑容里的，它植于眼神中、藏于唇角内、没入脸部肌肉里、镶嵌在无形的灵魂中。

那段枯枝，粗若手臂，约有尺半来长，是用手随意拗断的，断口处参差不齐，别有一种粗犷、古朴之美。树皮龟裂了，这里掉一块、那里缺一片，斑斑驳驳、破破落落，无声地在诉说一则百年沧桑的故事。就在这一段枯枝上，趴着、坐着、躺着、卧着四个面貌奇丑的小矮人。

在阿根廷西部城市巴里洛切（Bariloche）的一个周末集市上，看到这一件雕塑品时，我的心，大大地被震撼了。

那时，夜初老，春寒料峭，人潮冷落。

归心似箭，加上生意不好，许多艺匠都忙着削价出售自己摊子上的手工艺品。

只有他，懒洋洋地靠在一棵树上。正是春暖花开时，丰盈的花，一簇一簇的，好似白色的小蝴蝶，满树停驻，暗香浮动。那人，蓄着长发、留着胡子，口里闲闲地衔着一根长长的香草，半眯着眼，一副"天塌下来当被盖"的模样。

地上铺了一块米色的亚麻布，那个构思奇特的艺术品便端端正正地搁在上面，自有一份无声的庄严。

旁边标着价钱——100比索（约合31元人民币）。

我蹲下来，看。

乍看只觉奇特，细细一看，却有"众里寻他千百度，蓦然回首，那人却在灯火阑珊处"的悸动。

是枯枝上那四个小矮人带来了强烈的艺术感染力。

是他们脸上的表情，使我有难以自抑的撼动。

那是一种对苦难全然无所畏惧才能拥有的安然，那是一种对世事全然看透才能持有的淡然，那是一种对人生无所要求才能具有的恬然。

那是一种全新的境界。

在这境界里，有很深很深的快乐，然而，这快乐，却又不是轻浮地展露在笑容里的，它植于眼神中、藏于唇角内、没入脸部肌肉里、镶嵌在无形的灵魂中。

这是富于禅机的艺术雕塑。

艺人不肯削价，我照价买下。

有人说贵，只有我知道：用这价格买一份禅机，便宜得不可思议。

小启示

　　繁花盛开的绚烂人人爱看，但老藤枯枝里却蕴含着耐人咀嚼的生活智慧。魁梧、豪气或许在某些方面能占优势，然而，矮小、细致有时也是一种让人仰望的境界，一种更高的境界。

去了糠的谷子，洁白无瑕、粲然生光，它是大地赐给我们的珠宝。

那一年，到中东的约旦去。

在长达一个月的旅程当中，大部分时间都消磨在沙漠区的古城老镇里。我不喜欢香料浓郁的阿拉伯食物，三餐多以面包果腹。阿拉伯面包大而扁平、淡而无味，最糟的是，它粗糙有若泥沙，往往啃着啃着，便阴郁地产生了一个可怕的错觉，以为自己嚼的是长在旱季里的草根。

后来，来到约旦的首都安曼，看到中餐馆，立刻便有了一种"他乡遇故知"的狂喜，我猛地化成一股旋风，"呼"的一声，飞卷进去。那晚吃了些什么，已不复记忆，唯清清楚楚记得的，是那一碗晶晶发亮的大米饭。一颗一颗的饭粒，细细长长的、松松软软的，闪着洁白的亮泽，散着勾魂的香味儿。欢喜至极的我，在捧着饭碗时，幸福的感觉汹涌澎湃。

一直都很爱白米饭。

小时候，当桌上没有合乎口味的菜肴时，只要将一匙猪油、一匙酱油浇在一大碗热气腾腾的白米饭上，便能快快乐乐地饱餐一顿了。父母家教极严，为了培养孩子珍惜粮食的好习惯，碗里、盘中不准剩下一颗或半粒米饭，然而，我总是不待吩咐，便吃得干干净净。非常喜欢慢慢地咀嚼饭粒的那种感觉，每一颗饭粒都蕴含着一种"深藏不露"的甜味，粗枝大叶地囫囵吞枣的人，绝对尝不出它的妙处；可是，如果你肯、你能、你愿细咬慢嚼，那么，那一股有若高山泉水般的甜味，便会源源不断地溢出。那种甜味，深邃、含蓄、隽永。

和大部分"即种即食"的农作物（如马铃薯、玉蜀黍、木薯、番薯）不一样，米是经过多个繁复的程序处理而成的。

培植秧苗、犁田、灌溉、插秧、施肥、除草、去虫、收割。

然后，打谷、晒谷、去糠。

粒粒皆辛苦。

在缅甸看赤着膀子的农夫打谷，那一下一下重复着的动作，在单调原始的风味里，却又有着一种近乎执着的虔诚。每一粒从稻穗打落下来的谷子，都是汗与力的结晶，都是韧性与耐性的果实。满地细细碎碎的金黄谷子，乍然一看，像飞溅一地的阳光；然而，仔细再看，才察觉那是从泥土深层飞窜出来的金色笑靥！

去了糠的谷子，洁白无瑕、粲然生光，它是大地赐给我们的珠宝。

一口一口地吃着时，心中涌满了很深很深的感谢。

小启示

"谁知盘中餐，粒粒皆辛苦。"粮食生产不易，任何糟蹋和浪费，都是对大地的不敬。

昙花

就在"旖旎风光无限好"的时刻，鸡啼声起，它大限到来。不做无谓的留恋与挣扎，它速速萎谢。

只看过一次昙花的开放，那种感觉，凄美而壮烈。

一共五盆，排在大厅的一旁。

圆筒形的主枝，傲然直立。分枝多，呈叶状形，枝上巍巍然挂着即将绽放的花蕾。

我和朋友坐在厅里，喝茶、谈心。

茶原本是甘醇的，话原本是投缘的；但是，今晚，整颗心，都去了昙花那儿，心情有点儿焦躁，有点儿兴奋，又有点儿不安。所以，入口的茶，变得无味；入耳的话，变得单调。

有一句没一句地聊着聊着，最后，索性闭口不语了。

等。

在全然的寂静中等。

子夜过后，还是完全没有动静。

意识渐渐地陷入半朦胧的状态中。忽

然，响起了一种很轻微的声音——啪啪啪、啪啪啪，好像蝴蝶振翼欲飞时所发出的声响。我迅速睁开眼睛，盆里的昙花灿烂地、绚丽地、快活地、无羁地开放了。

花，很大很大；色，非常非常白；香气呢，浓郁强烈。

我看、我闻、我惊叹。

立在枝上的昙花"顾盼生姿""得意非凡"。

它尽情地享受人间蜂拥而来的爱。

然而，就在"旖旎风光无限好"的时刻，鸡啼声起，它大限到来。不做无谓的留恋与挣扎，它速速萎谢。

众人齐声叹可惜。

独我，羡慕它。

它辉煌而来，辉煌而去。

生命虽短，不曾浪费一点一滴。

小启示

唯有不懈地努力，才能在短如昙花的生命里将自我价值发挥到极致，使人生展现出璀璨的圆满。

独门火鸡

啊，体积大如乳猪的火鸡，肉质嫩如乳鸽，原来是"另有乾坤"的！

弟弟国帆邀请我上他家去吃火鸡。

我兴味索然。

火鸡有啥好吃的呢，肉质粗糙干硬，没滋没味的，像吃木屑。

国帆弟弟看出了我的不惬意，再三保证，他是以"特异方法"处理火鸡的，滋味一流。

我不信。火鸡就是火鸡，还能变凤凰吗？多年以来，我都是为了应景而上餐馆去吃"圣诞大餐"的，对那粗粗硬硬干干涩涩的火鸡，我往往只浅尝几口，便弃如敝屣。

既然火鸡先天不足、肉质欠佳，国帆弟弟又哪能变出什么花样呢？

当天晚上，在国帆弟弟家的客厅里，一缕缕的香气源源不绝地从烤箱里飘出来。我心想：这火鸡，倒是懂得"先声夺人"的道理啊！不过呢，恐怕就只是"虚张声势"罢了！

稍后，当那重达十余公斤的巨型大火鸡端端正正地"坐"在桌上时，大家一看，忍不住齐声喝彩：

"哇，美，真是美！"

金灿灿、亮晃晃、滑溜溜，光彩照人，像只镀金的火鸡。

我又固执地想道：这火鸡，虚有其表，可惜啊可惜！

国帆弟弟好整以暇地把火鸡一块一块地切割出来，分给众人。

我漫不经心地把火鸡肉送入口里，才一咀嚼，便大大地愣住了：啊啊啊，这火鸡，肉质的嫩软、滑腻、细致，完全超乎想象。更不可思议的是，每一寸鸡肉都饱含汁液，滋味之浓、香、好，令人在吃着时完全丧失了思考能力。

惊问秘诀。

国帆弟弟慢条斯理地拿出一支特大号的针筒，得意地微笑着说：

"秘诀在此。"

啊，原来身为医生的国帆弟弟，巧妙地把医疗上用的针筒运用到烹饪上。他把盐、糖、酒、麻油、蚝油、胡椒粉等调味品弄匀了，注入特大号的针筒内，再耐心地为火鸡进行注射，注射了一筒又一筒，这样一来，火鸡的每一寸肉都得到滋润和调味，更重要的是，饱满的汁液改变了火鸡原本干硬、粗糙的肉质，使它变得柔软可口。

啊，体积大如乳猪的火鸡，肉质嫩如乳鸽，原来是"另有乾坤"的！

国帆弟弟略施小技，便改变了传统，烘烤出让人啧啧称奇的"独门火鸡"；我呢，死守传统，却又诸多埋怨，甚至，当别人设法改进时，我还多次投了不信任票。

这年的圣诞节，国帆弟弟送了我一份终生受惠的礼物。

小启示

墨守成规的结果是困居死角，一事无成。"穷则变，变则通。"唯有顺应环境做出改变，才能扭转乾坤。

维纳斯瓷像

这一颗炽热的心，时时刻刻提醒我，执笔创作时，一定要以作家应有的良知去装点笔下所流出来的每一个字。

几经波折而送到我手上来的这个小邮包，是中国一位读者邰敏不远千里地从安徽省寄来的。

小邮包被一方浅蓝色的布妥妥帖帖地包裹着，以蹩脚的针线细细密密地缝着。总值人民币 15 元 6 角的邮票，端端正正地贴在一块方形的帆布上，而这块帆布呢，又被紧紧地缝在包裹的背面上。

拆开来，里面有一层白色的硬纸。硬纸内，又裹着一层枣红色的亮质花纸。花纸里，是一个方形的藤质硬盒。盒子内，舒舒服服地躺着一尊雕工精美的维纳斯瓷像。

几个月前，报馆转来了这位读者的第一封信，洋洋洒洒三大页，热情洋溢地写出了她对我作品的读后感。信末，她说：

"我有一个维纳斯瓷像，是中学毕业那年买的。它静静地立在书架上，伴了我四年。好友几次开口向我讨，我都因为太喜爱它而不舍得给。现在，我决定把它送给您。它虽然值不了多少钱，可是，我相信您能体会到一个忠实读者的心情，接到它以后，会爱惜它。"

隔了两个月，报馆又转来了同一名读者的信。信里，她说：

"我必须向您道歉。在上一封信里，我提起要送一尊瓷像给您，却迟迟没有寄出，您一定会以为我是一个言而无信的人。实际上，将信投进邮筒的第二天，我就把瓷像拿到邮政局去了，可是，邮务人员一听说包裹里装的是瓷像，就以易碎为理由而拒绝接受，我再三要求也无济于事，只好带着瓷像怅然归家。我有一位同学的姐姐在市邮局工作，最近，我去找她，说明原委，她答应帮忙。昨天下午，我终于顺利地把包裹寄出了。"

现在，这个隔着千山万水而又千辛万苦才寄抵新加坡的维纳斯瓷像，正稳稳地立在书桌上，对着我微笑。滑滑的瓷像，触手冰冷，然而，冷冷的瓷像里，有着远方一位读者很热很热的心。

这一颗炽热的心，时时刻刻提醒我，执笔创作时，一定要以作家应有的良知去装点笔下所流出来的每一个字。

小启示

　　几经波折且飞越千山万水才送到作者手里的这尊维纳斯瓷像，饱含着一位读者对一位作家至为崇高的敬意，也时时提醒着她，下笔宜慎重。

逃伞记

人世间的许多感情，不正像雨伞一样吗？失主被骤来的大雨淋成落汤鸡时，方才忆起昔日雨伞情，太迟了。

到伦敦旅行那年，正是阴雨绵绵的季节。

去逛遐迩闻名的购物中心，来到了雨伞区，一看，便被迷住了。款式之多、花样之繁，令人目迷五色。那种镶着花边的长型雨伞，高贵典雅，可是，有欠实用；那种短短小小搁在方形皮盒内的，玲珑美观，售价不菲。选来选去，竟然无法挑选到一把各种条件都符合心意的。

站在不远处那名售货员见我犹豫不决，趋前，脸泛微笑地为我指点迷津：

"我们女性呀，都是善忘的，雨伞总是随买随丢，所以，照我看嘛，您就不要选购那些价格昂贵的，随便买把结实的来用用，就可以了！"

一语点醒梦中人。

这些年来，不知买了多少把雨伞，也不

知丢了多少把了。在新加坡，往往花个三四块钱，便可以买到一把雨伞了，所以，丢了也不觉得心痛。有时，明明记得丢在哪儿，也懒得回头去找。

随买、随丢；随丢、随买，形成了一个"恶性循环"。

此刻，从善如流，不再犹豫，当机立断地在架子上选了一把最便宜的。白色的伞面，绘着多个英国的名胜，也算有点纪念价值。从购物中心出来，外头大雨滂沱，正好派上用场。回返旅舍，在阳台撑开晾干，这才看到伞柄上系着一个小小的标签，写着"新加坡制造"。我哑然失笑，觉得自己真蠢。

次日，携带这把在千里之外买来的"国货"，去白金汉宫看御兵换班仪式，天气很好，游客多如"过江之鲫"。为了便于拍照，我随手把雨伞搁在墙角处。

看了换班仪式，又意兴勃勃地赶去蜡像馆、西敏寺参观。晚上，在泰晤士河畔散步时，我才猛然想起，新买的雨伞又丢失了。

雨伞易被丢失，"善忘"不是主因。

真正的原因是，它价廉，主人心中根本没有它。

或者，更正确地说，雨伞心知自己不被重视，自行逃走了。

人世间的许多感情，不正像雨伞一样吗？失主被骤来的大雨淋成落汤鸡时，方才忆起昔日雨伞情，太迟了。

小启示

　　拥有时不珍惜，失去了才懊悔——这是人之常情。然而，东西失去了，可以重买；感情失去了，却没有回头路可走呀！

土地的呼唤

"我最大的愿望，不是靠机械化的榨油厂来赚取大钱，而是赚钱以后，在村子里开办多所学校，教育村民，改善村民的生活。"

从信箱里取出的这一封信，整整齐齐地粘着两张摩洛哥的邮票。

一看，快乐骤然化成强风，在心湖掀起万丈巨浪。

这信，是哈山寄来的。

拆开，哇，厚厚的一沓，不像信，倒像是资料。

速读一遍，慢读一遍，又细读一遍。读着读着，哈山那粗犷中透着纯朴的脸，在脑海里清清楚楚地浮了出来。

哈山，是我到摩洛哥旅行时认识的朋友，我曾接受邀请，到他的家小住两天。他那所土砌的平房坐落于非洲土著柏柏尔人（Berher）聚居的村庄古鲁拉玛（Gurrama），全村居民 3000 余人。

信里，他意兴勃勃地告诉我，他已取得了非斯（Fès）大学英文学系的学位了。以下这一段文字，深深地触动了我：

"在摩洛哥，通晓英文的人不多，所以，我一毕业，非斯便有许多机构给我提供薪金优厚的工作。可是，我没接受。现在，我已经从非斯正式搬回古鲁拉玛村了。我回来，是因为我听到土地对我一声声真诚而又亲切的呼唤。我已向政府租用了一块 500 平方米的土地，准备种植利润丰厚的橄榄树，此外，我还会设法买一些牛和羊来饲养。将来赚了钱以后，我打算设立一家现代化的榨油厂。你知道吗，目前，在古鲁拉玛村，村民仍然是依靠驴子拉磨的古老法子来榨取橄榄油的。世界在起着翻天覆地的变化，可是，我们村子里的柏柏尔人还是故步自封地过着传统落后的日子。文盲率高、识字率低，是所有问题的症结。今后，我最大的愿望，不是靠机械化的榨油厂来赚取大钱，而是赚钱以后，在村子里开办多所学校，教育村民，改善村民的生活。"

读着读着，哈山落在信笺上的那个影子越变越高，最后，幻成了一座山，凝在那儿。

由哈山，我想起了住在南美洲亚马孙丛林里的土著。他们当中，有一小部分人离开丛林，走入城市，接受高深的教育。毕业之后，立足城市，不屑回去。偶尔省亲，嫌河水肮脏而自携矿泉水，嫌村民无知而成日与自携的收音机做伴，自封为丛林里的"特殊阶级"。丛林生活，一百年前落后不堪，一百年后依然如此。没人关心，更没人想去改善。

回信时，我说：

"哈山，你办的学校开课那一天，我一定会重来摩洛哥的，为你贺喜、为你打气、为你鼓掌。"

小启示

哈山生长于贫穷落后的土著村落，大学毕业后，毅然舍弃高薪工作，回返村里，以自己的能力和理想回报那片孕育他的土地。他这种饮水思源的精神，是值得大家学习的。

狮爪虎牙

世道邪不胜正，形体庞大的禽和兽既然逃不过死劫，爪和牙的下场又怎么会好呢？

那晚，住在非洲肯尼亚野生动物园的营帐里。

看守营帐的，是一名骁勇善战的马赛土著。泥地潮湿而寒冷，野兽的吼叫声此起彼落。我睡不着，爬出营帐，与他搭讪。他谈以利矛刺杀狮子的英勇历史，口沫横飞，绘声绘影，在他比手画脚的描述中，我仿佛看到狮子猛掀狂扑那种恐怖至极的噬人凶相。与狮子搏杀，是一场又一场生死线上的"游戏"，他双腿那坑坑洼洼让人惨不忍睹的伤痕，便是生命永远的烙痕。他余悸犹存地说："被狮爪抓到时，那种直捣心窝的痛楚，好似有人硬生生地用刀子把你的身体一点一点地切割成碎片，惨绝人寰啊！所以嘛，每回扑杀狮子之后，我便把它的利爪一只一只地剥下来，充作战捷纪念品。"说到这儿，他忽然目光炯炯地问我，"你要买吗？"买狮爪？狮爪居然可买？哇！噫！哟！我忙不迭地点头。少顷，他取来狮爪，摊放在掌心里。月圆而大，沾着温柔月色的狮爪，依然狰狞得令人心悸。它呈现邋遢的米黄色，形弯而尖，质坚如石，尖端处利如刀刃，以它轻刮皮肤，血痕立现。

买了一只，千山万水地带回家去，慎重地摆在柜子里。

不久，到尼泊尔去。

近午的阳光亮得刺眼，有着一种狠毒的劲道，"泼"在脸上和身上，滚烫滚烫的。到土著的村庄去逛，性子淳朴的土著妇女在地上摆卖手工艺品，耳环、鼻环、手镯、项链，全都是以兽骨制造的，美丽而又诡谲，独特而又阴森。正专心拣选时，冷不防有人碰了碰我的手肘。转头一看，是一名臂肌怒张的土著。他叽里呱啦地说着土话，我听不懂；他龇牙咧嘴地扮着各种鬼脸，我看不懂。最后，他无奈而又焦急地指着自己的牙齿，再三地重复着一个字眼。我猜测他可能是牙齿痛，向我讨药。把随身携带的头痛药取出来给他，他却摇手又摇首。几番折腾之后，我这才又惊又喜地了解，他原来是想向我兜售"老虎的牙齿"。我点头如捣蒜。从老虎嘴里拔下来的这枚牙齿，呈腥臜的奶黄色，尖削，有腾腾杀气。语言不通，我无法探悉他是不是像武松一样徒手杀虎的，然而，那种在鬼门关口的厮杀，可以想象到底有多凶险。我如获至宝，小心翼翼地将它藏好，跋山涉水地将它带回家来。

一日，心血来潮，自柜里取出，把玩。远离了幽深的丛林，在室内荧荧的灯火下看这一对狮爪、虎牙，黄黄的、脏脏的，只觉猥亵、猥琐、窝囊、窝憋。

狮爪和虎牙，原是猛禽巨兽身体的一部分，世道邪不胜正，形体庞大的禽和兽既然逃不过死劫，爪和牙的下场又怎么会好呢？

小启示

狮爪和虎牙，可以是狮子和老虎用来扑杀猎物的利器，也可以是它们用以自卫的武器。你怎么看待它，它就是什么。

远在他乡的游子，身上系着"爱的钢索"，当会自律、自爱、自敬、自强。他知道，钢索的另一头，有个钩子，如果他行差踏错，那个钩子，会勾出亲人那一颗淌血的心。

16岁的老大负笈美国，一家子到机场送行。

与哥哥感情弥笃的弟弟，看着哥哥走入闸门时，嗒然若失地说："妈妈，很难过呢！不过，不是叫人流泪的那种伤心，只是，很难适应！"兄弟俩待在家里时，老是有说不完的话，有时，谈到子夜还不肯就寝；一有闲暇，便相偕打球，在淋漓的臭汗中切磋球艺，乐此不疲。有时，邻居送来了美味的食物而哥哥不在家，弟弟总用盘子盛了最好、最大的那部分留着；而哥哥出门时，也总是不忘问弟弟要些什么点心。我旅行回来，给他们买了纪念品，他们总是让来让去，嘱对方先行挑选。现在，哥哥出国深造，一去四年，弟弟的难舍之情当然溢于言表了。

哥哥学成归来后，现在，又轮到弟弟出国了。哥哥感情内敛，不易表露，可是，从衣着到社交，从读书方法到处世态度，从交友之道到防身之策，一件一件、一则一则、一宗一宗，反反复复、仔仔细细地，嘱咐又嘱咐，交代又交代。弟弟上了飞机后，他回到家，倒头便睡，没说半句话。

我呢，对着一屋冷清，在泪眼婆娑里，忽然想起了一则真实的故事：

这对夫妇是上海人，独生女想到外面的世界去闯闯，夫妇俩耗尽毕生积蓄做出安排，让她如愿以偿地到日本去。此后，每个月中旬，夫妻俩一定风雨不改地出现在一位同事的家里，痴痴地守在电话旁边。到了晚上九点整，电话响起，夫妻俩的脸上都不由自主地绽放出一种很亮很亮的光，他们没有伸手接电话，任由它响，电话响了八下，便倏然而止，夫妻两人也心满意足地离开同事的家。原来，这是他们在经济拮据的情况下，与女儿约好的一种"互通信息"的方式：女儿在指定的时间里拨了长途电话，任它响八下，借此向父母报平安；而这一对"痴心"的父母呢，把每一声铃响都听成女儿的心跳声、女儿的欢笑声，尽管双方不曾通话，可是，心脉相系。

亲情，是一条永远不断、不裂、不坏、不损的钢索。

远在他乡的游子，身上系着"爱的钢索"，当会自律、自爱、自敬、自强。他知道，钢索的另一头，有个钩子，如果他行差踏错，那个钩子，会勾出亲人那一颗淌血的心。

小启示

血浓于水，亲情无价。只要亲情在，纵然独处一室，也不会感到孤独；只要亲情在，不论面对何等劣境，也有勇气面对。亲情，就是力量。

快乐的富翁

初叩社会大学门槛者，应永远记得：唯有敬业，才能乐业；唯有乐业，才能立业。

在巴基斯坦，邂逅了一名来自苏格兰的教师巴比。

现年 25 岁的巴比，大学毕业后，便通过国际教育援助计划前来北部城市白沙瓦（Peshawar），教导英语。

放弃原本舒适的现代化生活，千里迢迢地来这个生活条件样样差的地方从事教学工作，原因何在呢？

对此，老成持重的巴比微笑着说道：

"在苏格兰，英语教师俯拾即是，然而，落后国家却师资匮乏，来此教学，对我精神世界的开拓，一生一世都有所裨益。"

巴基斯坦的学生都很珍惜得来不易的求学机会，表现出强烈的学习欲望。然而，由于他们全然没有学习英语的环境，基础极差，必须以极大的耐性，一个字一个字慢慢地教。

"有一回，我被分派去教中二（中学第

二年，后同）的课程。大部分学生连最简单的日常用语也不会，我只好像教小学一年级的学生一样，从最简单的教起。然而，有一天，下课时，一个女孩子却掩面流泪，详加追问，才知道她误会了我。原来她的英文程度不错，她认为我教他们这么简单的字眼，是刻意侮辱他们！"巴比边说边笑，湛蓝的眸子和金黄的头发齐齐闪着美丽的亮光。

巴比坦率地告诉我，他的母亲也是一名语文教师，每天从学校回来，总是怨声载道。她教语文，把重点放在文法上，一丝不苟地教，学生觉得乏味，便群起捣蛋，她连连斥骂，搞得自己疲乏不堪而又厌倦不已。

"当我决定以教书为职业时，便不断地告诫自己，切莫做个像母亲一样的教师，我要充分地享受我的工作。"

巴比最喜欢的一种方式是将语文教学和现实生活密切地联系起来。冬天来时，他带学生去玩雪，趁机教导他们有关冬季和霜雪的一切名词。孩子们兴高采烈地堆雪人、抛雪球，玩得起劲、学得热切，寓学习于游戏而从游戏中学习，师生双方都乐疯了！有时，巴比也带他们到食物摊子麇集的大街小巷去，掏钱给他们买零食，然后将食物的名称一一教给他们。学生们边吃边学，全都乐开了怀。上语文课，不仅不再是苦差，反而成了他们热切期盼的课。乐业的巴比，不但让学生充分地领略到学习的大快乐，而且，也给自己的生活带来了无穷的乐趣。

初叩社会大学门槛者，应永远记得：唯有敬业，才能乐业；唯有乐业，才能立业。

那些处心积虑地把自己每一个大大小小的贡献当作个人擢升踏脚石的人，也许最终得遂所愿，但是，他永远与快乐沾不上边；而那些终日只会发牢骚的人，则是个精神贫穷得一无所有的人。

双目闪着笑意的巴比，在我眼中，是个快乐的富翁。

小启示

富足的物质生活，不一定能给人带来快乐；但是，富裕的精神世界，肯定能赋予人充实的满足感。我们倘若有了正确的目标，就能对人生的追求做出正确的选择。

我发现，我越在意，就痛得越厉害；我越想它，也就痛得越发不可收拾。

扭到背部的筋时，人在旅途。

有些痛，像雷电交加的滂沱大雨，哇啦啦地痛一大阵子，便消失无踪了。然而，筋脉被扭的痛，却像阴天里的绵绵细雨，常在，长在。它宛若深藏于骨髓里的一条泥鳅，抓不着、逮不住，可是，日夜不分地在你的筋脉间钻出钻进，在你的骨骼中蹿上蹿下，不怀好意地骚扰你，恶毒阴险地袭击你。坐着、走着、卧着，外表看起来，你既正常又健康，可是，扭曲了的那条筋，却在你的身体里用尽法宝来折磨你，扯你、刺你、戳你、捏你。有时是星星点点的痛，有时是大片大片的痛；有时那痛像强力胶，粘在一个固定的地方；有时那痛却又像长流细水，东边游游西边淌淌。

正当我被那无时不在的痛弄得寝食难安时，婆婆的脸、婆婆的话，突然闪进脑际。

有一回，她在厨房里做饭，当她高举着

手从架子上拿酱油瓶子时，我突然发现她龇牙咧嘴的，好似在忍受极大的疼痛。

她说：

"肩膀犯了风湿痛，没药医，已经痛了好长一段时间了。我发现，我越在意，就痛得越厉害；我越想它，也就痛得越发不可收拾。所以，不管它啰！现在，每当我觉得痛时，便喊一声'去！'它就去了。"

想到这件事时，我正坐在从哈尔滨朝沈阳飞驰的火车上，背部紧紧地抵着座位，默默地忍受那好似刀割般的痛楚。这时，有个浑厚的声音从心坎深处稳定地发出来：

"去！"

窗外，是冬天的景致，皑皑的白雪，轻俏地覆在马路上、屋顶上，到处白茫茫的、亮晃晃的。我趴在窗槛上，把自己整个儿融入了美丽的雪景里，原本因痛楚而紧紧地皱着的眉头也舒展了……

是的，去！

去去去！去去去去去去！

小启示

身体的痛楚就像人生的痛苦一样，老是盯着它，它便老在那儿，散不了。你如果设法转移注意力，不去想它、不去理它，它自然会静静遁走。

痛

痛定思痛，方才知道，能痛，是天赐的一种恩泽。

根据报载：在中国安徽省休宁县有个女孩，自小"流血不流泪"——跌倒骨折、烫伤皮脱，都不哭不闹。人人以为她乐观成性，坚强过人，后来，才知道她天生没有痛感。

众人羡慕，都说这女孩"得天独厚"，因为"痛"和"苦"是"孪生姐妹"，没痛便没苦，一生一世，安安乐乐享尽太平好日子。

我呢，却觉得她运气不济。

小至牙齿被蛀，大至心脏阻塞，全都没知没觉，蠢蠢地快乐——既然看不到警告的讯号灯，又怎么知道危险已迫在眉睫？

以前当记者，食不定时。忙起来时，六亲不认，空腹上阵。忙过之后，三餐当一餐，吃着时，狂风扫落叶，把胃囊当成无底深潭。可怜的胃，不堪折磨，终于"揭竿而起"，发难了。

起初，是抽搐般的痛，星星点点，不绝如缕，痛得我坐立不安。慢慢地，那痛，变成了刀剜，一下一下，直戳要害，痛得我龇牙咧嘴。不久之后，又好似有人在伤口处撒盐，痛得我冷汗直冒。接着，痛楚加深、加重、加阔、加长，整个腹部，宛如被魔掌紧紧攫住，揉成一团，痛得叫人回不过气来。

经历了如梦魇般可怕的胃痛，再也不敢对那小小的胃囊掉以轻心了。

学会珍惜，只因为曾经"痛"过。

痛定思痛，方才知道，能痛，是天赐的一种恩泽。

感情，也是一样的。

小启示

只有深切地痛过，才知道平凡和平淡是快乐真正的滋味。

够了

"够了"这两个字看似冷漠无情，实际上，蕴含着深刻的人生哲学。

2003年，亲爱的父母在相隔不到一百天的时间内相继去世，是我这一生最沉重、最巨大的打击。

办完丧事后，我明确而绝望地感觉到，我生命里很重要的一部分永永远远地流走了，想抓也抓不住，想寻也寻不回，那种撕裂般的痛苦，将我惨惨地分成了两半——白天是透明似的空，如同幽魂般，飘来飘去；到了夜晚，整个人又落入了一张黑黑的大网里，如同困兽一般地做徒劳无功的挣扎。与双亲共同享有的那些温馨的时光，在回忆里，全都变成了剜人的刀子，一下一下地割着原已支离破碎的心。我真正明白了什么是"伤心"，那种痛苦的感觉，进到心坎很深很深的地方去了。

我的生活，除了眼泪，还是眼泪。我变成了一尾鱼，一尾沉默的、患着自闭症的鱼，在自己苦涩的泪水中游来游去。

有一天，我的上司郭毓川院长突然对我说道："你来，我要跟你谈谈。"我以为他要谈公事，行尸走肉似的飘进了他的办公室，没有想到，我一坐下，他便一脸严肃地对我说道："我要送你两个字！"我茫然地抬头看他，他说："这两个字是'够了'，你不能再继续这样过日子了！"我默然垂首，他说："一切的悲伤，都应该有个句号，你之所以一直以逗号延续你的悲恸，是因为你让悼念停留在低层次的想念上。不管往事如何温馨，你一味想念，一味掉眼泪，人都无法再复活，那样的想念，是一无是用的，是自我折磨的；而怀念，才是高层次的悼念，只有继续做一些让双亲觉得骄傲的事情，做一些平时双亲喜欢你做的事，才能发挥悼念真正的意义。你要知道，放了，不等于忘了。"

那天回家，尽管眼泪还是扑簌簌地掉，可是，我却开始有了思维的能力。"够了"这两个字看似冷漠无情，实际上，蕴含着深刻的人生哲学。它冷静而又理性，有着一种看透世情的彻悟；它同时又是豁达而感性的，有着一种自疗伤势的温柔。

是的，够了，停止感情的自我戕害。

是的，够了，停止泪潮无限制的大泛滥。

够了，够了。

唯有重新以平常心来过活，才是对父母最大的敬重。

唯有重新找回昔日那个自己，才能让父母永远安心地休息。

我于是用粗笔写了两个很大很大的字"够了"，贴在墙上，提醒我自己。每当我的思维又无意识地触及过去生活的一些细节而心生酸楚时，我便赶快对自己说："够了。"

在我最艰难的时候，靠着这两个充满了智慧的字，我把自己提升到人生的另一个境界，我用我双亲肯定会喜欢的方式来过活，以我的努力争取发亮的成绩，再慎重地将这人生的成绩册献给他们在天之灵。

小启示

"够了"这两个字，语气或许不是很好，但是，警钟的声音也不是很悦耳呀！要珍惜对你说"够了"的那个人，因为这两个字里蕴含着深沉的关怀。

车到山前必有路，船到桥头自然直。

记得非常非常清楚，那一天早上，在印度的新德里，旭阳透过了薄薄的窗帘，在旅舍的桌面上铺陈出一片金黄的温柔。桌上搁着一个大大圆圆好像锣鼓一样的印度煎饼，我一边慢慢地以手掰食，一边闲闲地翻阅新德里当天的报章。正当我双眸上上下下地浏览着大大小小的标题时，一则不算瞩目但惊心动魄的新闻忽然紧紧地攫住了我的目光。

新闻报道的是一名印度人因为忍受不了极端贫穷的折磨，躺在火车轨道旁边，将一条手臂僵直地搁在轨道上，让呼啸而来的火车硬生生地将他的手臂碾断，借此增加日后行乞的"价码"。

读毕，冷汗涔涔而下。

为了饱腹而进行残酷至极的自我戕害，世间还有比这更为悲惨的事吗？这样一种"苟且求存"的方式，是多么的无奈、多么的不堪呵！

最近，看到新加坡接二连三地有人跳地

铁轨道自杀，唏嘘慨叹之余，不禁回想起发生于印度的那则新闻。两相比较之下，蓦然发现，在轨道上自断手臂者，不管有多少值得非议的地方，我们却还是不得不同意，他那种"好死不如赖活"的心态，也正反映了他不为人知的另一面"坚强"。

自杀者往往有一千零一个结束生命的"好"理由，而每一个自杀者都坚信自己已经走上了"不得不死"的绝路，就在这种自以为"转圜无路"的盲点上，他亲手撕毁了到"地球村"来旅行那张价值连城的"单程票子"。然而，一切的一切，并未如他所料地画上句号；反之，他在阳间留下了一大笔永远无法偿还的"感情债"，不论他上天下地，这一笔"债务"都会沉沉地压在他背上，让他难以超生。

过去，在一所中学教书时，我便曾经碰上两宗学生自杀的惨事。年轻的生命无声殒落固然叫人扼腕叹息，然而，更令人心碎的，是学生父母整颗心被撕裂而鲜血直淌的痛苦。看到一寸一寸含辛茹苦地拉拔着大的孩子在转瞬间灰飞烟灭，那种摧心蚀骨的痛，是终生难释的。

曾经几度到日本去旅行，坐长途火车，常常得经过很长、很窄的地底隧道。有些隧道，一丁点儿亮光也没有，让人在恍惚间产生了一种恐怖的错觉，以为自己不慎掉进了"死亡幽谷"里，那种比死还要绝望的黑，好似无止无尽地延伸到一个长长的没有尽头的地方。这种错觉着实令人不寒而栗，可是，不管隧道有多深、多长、多黑，火车迟早一定会来到隧道的出口，然后，一圈圆圆的、亮亮的光，就静静地伫立在出口处。我从来就不曾碰到过没有出口的隧道。

人生，也是一样的。所有的伤痛、挫折、失意、失败，都只是"黑暗隧道"的一部分，咬紧牙关，忍、忍忍、忍忍忍忍……忍着忍着，然后，你便会豁然发现，一切的苦难，犹如落进泥土里的雨一样，痕迹不留；抬头望天，啊，一片蔚蓝！

上述这些话，不是无关痛痒的纸上谈兵，也不是象牙塔中的无谓呓语。我在遭逢一些难以化解的痛苦时，便常常以此成功地自我开脱。

车到山前必有路，船到桥头自然直。

是真的，真的啊！

小启示

要放弃生命是很容易的，但会给亲人带来绵绵无尽的哀伤。活着，纵然处处是坎，却也处处充满了契机。能把危机转化为契机而好好地活着的人，才是生活的勇者。

落伍

在这个科技发达的时代里，日新月异，一个不小心，便成了活在线装书里的人……

朋友是四川某大报社资深的摄影记者，拍照时，用的不仅仅是相机，还加上了自己的一颗心，所以，常常能够拍出效果独特的照片。

最近，到成都去，他用数码相机为我拍了一组照片，看了非常喜欢，要求他把照片邮寄给我，没想到他一听便哈哈大笑，说：

"啊，在中国的文化圈子里，邮寄照片这码事早就落伍啦！"

看到我一脸错愕，他解释道：

"现在，多数人使用的是数码相机，照片的传递全靠电邮。"

啊，来势汹汹的数码相机，已像蝗虫般蚕吞了所有传统摄影的作业方式了。现在，外出旅行，看看前后左右，旅者手里拿着的，十之八九，是数码相机。那些手执传统相机而专注地眯着一只眼睛取景的人，好像是从线装书里走出来的，有着一种属于18

世纪的腐朽气息。

我不愿做时代的落伍者，便也买了一台数码相机。

初用它时，发狂地爱着它。

爱它那现拍现看、随拍随删的功能。

真是太方便了。

过去，不论拍摄景色或人物，在按下快门前，总是左看右看，谨慎地看、仔细地看，觉得万无一失了，才"喀嚓"一声将它摄入镜头。现在，知道拍了可以立刻检查，检查过后又能够随意删除，便放心地大拍特拍，毫无顾忌地拍、轻松自在地拍。

往昔，照片拍坏了，总在冲洗出来之后，才在无可挽救的大遗憾里，心痛难抑地惨叫连连。如果那些是富有纪念价值的照片，胸口的痛永难消退。

数码相机可不同了。拍得好不好，当场便知道。时间允许的话，可以在删除百张之后立刻又重拍百张，再三再四地拍，借以确保效果卓著。

不过呢，一个铜板有两面，它的优点却也正是它的缺点——因为使用太过便利，又不必受到胶卷的限制，往往拍得得意忘形，同一个景点连拍多张也不自觉；此外，少了刻意经营的那份谨慎，拍成的照片也流现出一种过于随意的散漫。

6月，来到四川被誉为"人间仙境"的九寨沟，我被那超凡绝俗的美迷得神魂颠倒，发狂地拍，拍拍拍、拍拍拍、狂拍、乱拍、滥拍。拍了当场检查，觉得张张都漂亮，帧帧皆可取，于是，全都保留。

旅行回来，送去冲洗，照片居然多达500余张！许多照片，相似一如复制，真是浪费。

把照片整理好，送去给素来喜欢摄影的国平弟弟观赏。他一看到那本又大又厚的相簿，便哈哈大笑，说："啊，你也未免太落伍了吧？"看到我一脸错愕，他说："现在，许多人都习惯把照片收在电脑里，谁还耐烦又冲洗又整理又储存的，多烦琐！"我老土地问道："那么，旁人怎么观赏呢？"弟弟应道："就在电脑上看呀！"说着，他启动了电脑，置入光盘。照片，就在大大的屏幕上，好似走马灯，一张一张自动地流转着……

嘿嘿嘿，在这个科技发达的时代里，日新月异，一个不小心，便成了活在线装书里的人……

小启示

时代快速发展，科技日新月异。当老一辈跟不上步伐时，便会与后辈产生代沟，而代沟往往就是冲突的导火线。所以，两代之间应该勤于沟通，化解误会，增进了解。

聆听

事出有因，任何人、事、物，在败坏之前，必有预兆，我们绝对不该、不能、不可掉以轻心。

约莫三个月前，连接电源而 24 小时保温的那只热水瓶，忽然发出了一种刺耳的噪声，"哔哔哔"地响上几秒便戛然而止，十分突兀。如此这般，每隔半天便响一次，极有持续性。

第一个浮上脑际的念头是，热水瓶坏了，该换新的。然而，接着，我又注意到，这噪声，丝毫不影响热水瓶固有的功能，注入冷水后，它能让水沸腾，而水沸腾后，它又一如既往地保持着水的高温，绝不怠工。于是，警戒之心全然解除了，连那刺耳的噪声，都成了我开玩笑的话题：莫非热水瓶里躲了只千年水怪，修炼成精，"哔哔"怪叫，想要冲天而去？接下来的日子，那"哔哔哔"的怪声居然慢慢地成了生活的一部分，我习以为常，见怪不怪。

一日下午，居家写稿，突然，停电了，

电脑、电灯、电风扇、电冰箱全部停止运作。一查之下，发现是家中装置的"防止漏电系统"将电源主动切断了。

十万火急地找来经验老到的电工，他足足花了两个小时，才找出"病源"——哎哟，罪魁祸首，竟然是那"哗哗"怪叫的热水瓶！

电工双眉紧蹙地说："漏电漏得厉害呢！"

我默然无语。

这热水瓶，其实早已在三个月前便想方设法给我通知、给我警告，它尖声叫嚷，叫了一次又一次，可是，愚蠢而又固执的我，居然充耳不闻，置之不理。终于，它忍无可忍，发难了，给我以一记迎头痛击！

事出有因，任何人、事、物，在败坏之前，必有预兆，我们绝对不该、不能、不可掉以轻心。

最近，一位认识多年的老朋友猝然辞世。在葬礼上，遗孀哀哀泣诉：早在半年前，她枕边人的心脏便不时对他发出绞痛的信号，但他自恃是运动健将，认为自己至少可以活上百岁，坚持不肯做身体检查，结果，大痛一来，便倒地不起。

另外一位年届40的朋友，在驾车时突然中风，自此瘫痪在床。说是"突然"，其实不是。她的妹妹泪流满腮地说："天天耳鸣，却老是以为没有大碍，加上工作繁忙，责任感特重的她，不肯请假去做检查……"结果呢，可怜的躯体在"徒劳无功"地发出无数警告的信号后，终于心灰意冷地放弃了努力。

其实呵，努力聆听身体发出的信号，不单单是为了我们自己，同时也是为了爱我们的以及我们所爱的人。

小启示

身体，是会不断地向我们发出信号的，我们应该时时刻刻仔细聆听，一有异状，便进行检查。珍惜自己的身体，保持健康，不让父母为自己担忧，也是体现孝道的一种方式。

网上破烂王

当我们的生活沉到谷底时，只要心不死，破釜沉舟，出奇制胜，往往便能在悬崖绝壁处看到常人难得一见的奇花异卉！

童年在怡保，对于沿家挨户收破烂的人，有着"刻骨铭心"的记忆。他们总是慢悠悠地赶着破旧的牛车，以洪亮但掩抑不住苍凉的声音喊道：

"收破烂啊收破烂！"

这声音就像紧箍咒一样，让顽皮的孩子怕得汗毛直竖，因为呵，母亲总在这时危言耸听："再不听话，就把你卖给收破烂的！"孩子们把那衣衫褴褛的收破烂者看成贩卖人口的黑手，惊惧之余，立马蜕变成可教的孺子。母亲呢，当然也就乐得"以讹传讹"地"坐享其成"了。

是慢慢流走的岁月把"真相"还原的。

这时，收破烂的不赶牛车了，他们骑电单车。风里来，雨里去，尘满面、霜覆鬓。

隔了许多年的今日，收破烂者已改驾货车了，唯在收购旧报纸时，他们依然沿用过去的老法子：用绳子捆了，利用杆称，一毛五分锱铢必较地算。由于货源不固定，他们只能靠一己的运气赚饭吃。有时，跑了一整天，汽油耗去不少，可是，运气不济，一无所获。

原以为这是一个苟延残喘的行业，万万想不到，最近，江苏省有个脑子灵活的大学毕业生李小华，却别开生面地把这个古老的行业与现代高科技紧密挂钩，创造了一番全新的气象，也使自己成了南京鼎鼎有名的收废网站的站长。

话说 2003 年，李小华尝到了"一毕业便失业"的辛酸滋味。在四处奔波而又走投无路之际，他决定以收破烂为生。他用身上仅有的一点钱买了一支杆称和一辆破旧的自行车，走街串巷地收破烂。可是，他脸皮太嫩，既不好意思大声吆喝，又不好意思与别人讨价还价，结果，忙了整整一天，才收了 95 斤旧报纸，赚了寥寥的九元五毛钱。接下来的日子，生意毫无起色。一向不甘认输的他，苦苦思索突破点，一日，灵光一闪，他决定开设一个专门收破烂的网站。

当时，他买不起电脑，就利用网吧的电脑建设起自己的网站。2004 年 8 月，网站正式开通，客户只要在网站里登录名字、地址，写上所要出售的废品种类和数量，他就会在客户约好的时间内登门。起初，反应冷淡，甚至有人致函攻击他"穷极无聊"。不过，他不灰心、不沮丧，认定目标，勇往直前，连续在网上发了200多条广告帖子，结果，广告收效良好，许多网友称赞他有创意，一下子便接到了近百笔业务。第二天，他按照自己编排好的路线出发，总共收购了1500多斤旧报纸，赚了150多元，比传统的老法子多了十几倍的经济效益！

由于点子新，南京电视台和中央电视台国际频道先后报道了他的故事，他因此风风火火地成了举国皆知的名人，涌向他网站的信息多得他根本无暇应付，于是，他当机立断地招收了十多名盟友。盟友每月向他上缴加盟费，他则每天给他们提供收购信息，由他们上门收购。就这样，李小华从收购员摇身一变而成了老板。在盟友的努力下，每天的业务量很快便达到了两万余斤！

现在，李小华已在许多城市开设了分站，准备把收购废品的生意扩充到全国去！

李小华的成功，不但改变了一般人把收购废品视为低下职业的传统观念，而且，也改变了人们出售废品的老习惯。如今，要卖废品，"鼠标一点，电脑代劳"！

"穷则变，变则通。"当我们的生活沉到谷底时，只要心不死，破釜沉舟，出奇制胜，往往便能在悬崖绝壁处看到常人难得一见的奇花异卉！

小启示

创意人人有，商机随处见。只要我们不为世俗成见所囿，任何点子都有无限发展的可能性。

青涩的果实

年轻人把用以培植"学问浆果"的大好时光花在摘取"爱情涩果"上，无益而又危险。

早恋，是目前中学里的一株"罂粟"，外表绚烂美丽，充满了致命的诱惑，一旦沾上，各种问题便接踵而来。我就曾通过短篇小说《泣血的花瓣》和长篇小说《瑰丽的漩涡》反映中学生的早恋问题。最近，在新加坡文艺协会所主办的全国学生文营里，提起了这两部作品，也因此引起了学生对早恋问题的热烈讨论。

有位学生振振有词地指出：

"成人都反对早恋，可是，早恋也是一种经历，为什么不可以由我们自由去尝试？后果是好是坏，我们自己承担。如果经历了大伤大痛，也许还可以成为创作的大好素材呢！"

初生牛犊不怕虎，然而，牛犊不晓得，被猛虎噬伤，可能会造致终生难愈的伤口、伤痕、伤残哪！

观赏 2003 年 11 月 20 日由真人实事改编而成的电视节目《转捩点——爱情重伤》，瞠目结舌之余，泪盈满眶。

片中女子原本就读于某初级学院，17 岁那年，父亲在工地摔伤致残，为了帮补家用，她辍学，到一家公司当文秘，认识了当临时工的在籍学生，热烈相爱而珠胎暗结。少男没有钱，又怕别人看到，不肯陪少女去堕胎，少女只好独自上医院。再次怀孕而又堕胎后，少女执意要分手，少男不肯，攀在少女家窗外，尝试以刀割脉自杀，少女只好与他重修旧好。三度怀孕后，两人决定把孩子生下。碍于少男母亲强烈反对两人来往，少女又不想让家人知道她未婚先孕，两人竟做了一个惊人的决定：男的将女的藏在他房内的衣橱里，每天只有当他母亲出门用午餐时，少女才能出来如厕、喝水、吃东西。少女的肚子越来越大，在衣橱里汗流浃背，呼吸困难。如此足足藏了六个月，才把孩子生下来，送人领养。她在节目里现身，哽咽地要求领养人家将孩子视如己出，让他读书，给他照顾、爱。

根据保健促进局的统计，最近我国每年约有一百名少女堕胎，可见青少年早恋而偷食禁果已成社会一大问题。

人生每一个阶段都有不同的发展重点，年轻人把用以培植"学问浆果"的大好时光花在摘取"爱情涩果"上，无益而又危险。可叹的是，父母、师长的金玉良言往往被视为古老落伍的论调。年轻人忘记了，父母、师长不是长着白发、皱纹从娘胎里钻出来的，每一则忠告，实际上都是经验的累积、智慧的结晶。

说说一则寓意深刻的故事：

有一对父子卧在池塘边纳凉。忽然，儿子看见水中有黄金般闪闪发亮的东西，兴奋地跃入水中寻找，找来找去都找不到心目中所要的黄金。不久，池塘的水由混浊而变为清澈，水中那金光闪闪的东西又再度浮现，儿子看准了那个位置，再度跃入池中，可是，找了老半天，还是一无所获。父亲问儿子："喂，你到底在找什么呀？"儿子说："我看见池中有金光闪闪的东西。"父亲说："傻孩子，你怎么不抬头看看上面有什么东西？那是树上黄色果子的倒影啦！果实才是你摘得到、吃得饱的东西！"

小启示

在成长的过程中，对不断涌现的诱惑产生好奇，是很正常的；然而，在尝试新事物时，青少年必须坚守道德的底线，学会保护自己。

可叹的是，在蝇营狗苟的今日社会里，众人已经忘了将该有的信念和道德置入内心那一大片空白的世界里。

深夜，我的车子平稳地在阒无一人的马路上行驶着时，后面蓦然有辆车子以飞一般的速度超越了我，好似一支糊里糊涂地掉落在地上的火箭，毫无理性地向前直冲，冲成了一条笔直的线，然后，在远处化成了朦朦胧胧的一团影子。然而，说也奇怪，就在它即将从我的视线里消失时，车速却又逐渐地、明显地慢了下来，由时速百余里变为 90 里，继而 80 里，再而 70 里，那名原本无比莽撞的驾驶者，在极短的时间内，不可思议而又十分突兀地变成了一个循规蹈矩的"模范司机"。

当我的车子驶经他减速的地方时，往窗外轻瞄一眼，便忍不住发出了会心的微笑。

那儿，正立着一个"忠心耿耿"的测速器，它就像一头勇猛、凶悍的猎犬，对往来猎物虎视眈眈。

啊，那名驾驶者刻意减速，为的不是自己和他人的安全，而是担心被逮着、被罚款！

过了测速器这一"关"之后，他便又故态复萌，霸里霸气地把车子驾得"离地而飞"。

嘿嘿，这测速器，在探测车速之余，还兼具"照妖镜"的功能哪！

实际上，良好的行为应该是发诸心而形之于外的。驾驶者如果内心没有腾出一个位子来装置一架自我控制的测速器，就算官方在路旁设上千万架，也难以全然遏制飞车者超速的恶行！

可叹的是，在蝇营狗苟的今日社会里，众人已经忘了将该有的信念和道德置入内心那一大片空白的世界里。

说一个富于禅机的小故事：

一群法力高超的神仙打算在人间找个地方埋藏一个惊天动地的大秘密。神仙甲建议藏在全世界最高的山顶上，神仙乙反对，理由是："人类会很努力地爬上山来。"神仙丙建议放入深海里，神仙丁反对，原因是："人类会发明潜水艇。"众神仙陷入沉思中，终于，其中一名神仙想出了一个好主意："且将秘密藏在人类的心中吧，我肯定他们一定不会想到去那里搜寻答案的。"

在生活的大道上，我们驾着"无形的汽车"，日日夜夜不顾后果地超速行驶，分分秒秒急于从外在世界的路牌中寻找人生的目标，然而，愈着急便愈寻不着，愈寻不着便愈失落。可是，有一天，当我们把车子停在鸟语花香的林荫道上，静一静，想一想，便会豁然发现，人生每一个问题的答案，其实都静静地悬在心上。

小启示

在急功近利的今日社会里，大家只求抄捷径以直达目标，崇高的信念和自我约束的道德都被抛到了九霄云外。我们应该静下心来，重新好好地审视自己的人生目标。

戒毒者的故事

亲情，是戒毒者解除毒瘾的一帖灵药。

在戒毒所和多位青少年攀谈，发现染上毒瘾并不需要什么复杂的大理由。误交损友而好奇尝试、失意沮丧而逃避现实是两大主因。

贼船易上难下，沉沦毒海易如反掌，然而，摆脱毒品却难若登天，一方面是因为毒品的诱惑性太大，另一方面，凡是戒毒者，都必须经过好似地狱般的痛苦熬炼，意志不够坚定者，往往半途而废。

表面上看来，戒除毒瘾，仅仅需要 14 天的时间，然而，这只不过是形体暂时离开毒品罢了，精神上的依赖依然是存在的。戒毒之后，如果五年之内没有重染毒瘾，才算是真正摆脱了毒品。

在这关键的五年内，亲人的支持是非常重要的。更明确地说，亲情，是戒毒者解除毒瘾的一帖灵药。

听了许多动人的故事，都是与亲情有关的。

说说其中一则最触动我心的：

"我父母在一场意外中双双丧生，祖母一手将我抚养成人。读中二那年，在学校门口碰见一位失学的朋友，他问我要不要逃学，跟他去玩玩，我迷迷糊糊地答应了。他带我去一个偏僻的地方，教我追龙（吸毒）。从那天开始，我就变成了一个魔鬼。我旷课逃学、惹是生非、骗钱偷钱、扒钱抢钱，最后，被学校开除了，浪荡街头。祖母知道这一切后，流着眼泪劝我、哑着嗓子说我，然而，鬼迷心窍的我，当她在唱歌。有一回，深夜回家，竟然看到她跪在我父母的遗照前，苦苦哀求我父母显灵助我戒除毒瘾。她已经是 70 多岁的老人了，居然为了我而跪在地上，向自己死去的儿子、媳妇求救！在那一刻，我觉得自己真是禽兽不如！以后，连续两年多，我试着戒毒，可是，谈何容易！有好几次，毒瘾发作时，我在深更半夜跳入海里，企图借着冰冷的海水来冻死我体内那个魔鬼，但是，人几乎被淹死了，却杀不死那该死的毒瘾！祖母对我，始终没有放弃希望，每次我进戒毒所，她总不死心地来探望我，给我打气，可是，毒品实在比妖魔鬼怪更可怕，硬是死缠不放。戒毒中心，进了又出，出了又进，在毒海里浮浮沉沉，无论如何也戒除不了。记得那一回，我正躲在一位损友的家里偷吸毒品时，有人来报丧，说祖母死了。那一刻，我如遭雷殛，觉得祖母好像是刻意以死来劝诫我的。当时，实在痛苦得承受不了，把头往墙壁撞去，结果头破血流，进医院缝了很多针。祖母的死，使我彻底醒悟了，我也从此戒了毒。"

这个戒了毒的人，如今任职于某间戒毒所，向所有前来戒毒的人现身说法，一次又一次地重复自己的故事。

"我戒毒戒得太迟了。"他为自己的故事下结论，"祖母永远看不到。"

小启示

以自身千疮百孔的经历来告诫他人，也可算是对社会的另类奉献。人只能活一次，心智成熟的人，往往会三思而后行。

比利是个西方罕见的孝子，为了服侍瘫痪的老父，他终身不娶。

车子驶入了新西兰南岛的基督城（Christchurch），沿着美丽的亚文河行驶，比利那张荡漾着笑意的脸突然浮现在清澈的河水里。啊，多少个春夏秋冬的夜晚，比利偕着因失恋、失意、失败、失财而掉落在苦海里的亚洲学生，缓缓地在河畔散步，以耐心开导他们，以爱心辅导他们，帮助他们熬过痛苦难当的困难时期而重新纳入正常的生活轨道。

在大学里被莘莘学子视为"再生父母"的学生顾问比利，在家里是个西方罕见的孝子，为了服侍瘫痪的老父，他终身不娶。

十年前，他的高龄老父撒手尘寰，他呢，已是个垂垂老去的退休人士了。

这时，许多负笈新西兰而学成归国的亚洲学生决定送给他一份难忘的"礼物"。他们合资购买了两张机票（往返），合凑了一笔盘缠，汇去给他，请他来亚洲旅行。沿途膳宿，由学生供应。

过去几十年岁月，他都是为别人而活的，这几个月，在学生的安排下周游亚洲列国，这才算是享着了工作以外的大乐趣。在新加坡时，住在我家，天天早上骑着脚踏车、吹着口哨出门去，天黑回来，便和我家里的小孩儿疯狂地玩成一团。

现在，我们一家大小到基督城来旅行，最想见的人，当然就是比利了。

知道比利喜欢吃中餐，也知道他性子节俭，平时绝对不舍得上餐馆，所以，在汽车旅馆安顿好后，便上超级市场买菜、买肉，准备好好地煮几道菜肴款待他。

几年没见，比利没变，依然是大耳大鼻大嗓子、细眼细齿细皱纹。一迈进大门，先来个热情的拥抱，接着，如珠妙语，源源不绝，一屋老少，嘻嘻哈哈。

菜香饭热，他胃口大开，吃了一盘又一盘大米饭。问他平时如何解决膳食，他不经意地说："面包呀！我家种了几棵番茄树，摘下番茄，切片，夹面包，味道一流！"我骇然惊问："天天如此？"他扮了个鬼脸，说："养颜嘛！你看，我的脸，绝对比核桃滑！"

促膝长谈到深夜，道别时，约他明晚再来用餐，他婉拒了，理由是有个学生进了戒毒所，现在正接受冻火鸡的治疗法，他必须去戒毒所陪学生。

年过 70 的比利，当上了社会义务工作者。

在夜色中看着他轻快地爬进了那辆好似比他更老的小车，我双目如潮。

啊，比利，比利，不老的比利，永远的比利!

小启示

比利以爱心化成了涓涓暖流，温暖了莘莘学子的心，也温暖了整个社会。他的奉献精神，是值得学习的。

七叔的书店

每次去七叔的书店，心中总像被刀剐了似的，痛得难受。

七叔爱书，爱看书、爱藏书。

爱书的七叔，诞生在动荡不安的年代里，没有机会坐在课室里完成正规的学校教育。他凭着区区几年小学教育打下的基础，在长长的人生里孜孜不倦地自修。在建筑工地当督工，每天拖着疲乏的身子归家后，他总闭门谢客，亮灯读书。他把赚来的钱一分一毫地储集起来，为实现心中那个美丽的愿望而静静地努力。

等时机全然成熟以后，他来找我，说：

"我在丹戎百葛组屋区标到一家店铺，准备开设书店，你是否可以帮我选购书籍？"

爱书的七叔，说这话时，双眼不绝地闪着兴奋的亮光。啊，他是准备为自己砌一座书城，终生与书相伴了！

我偕同他马不停蹄地到处访问各大书店，和书店老板洽谈取书折扣。谈妥之后，便钻入书堆里，大选特选。哟，平生第一回，选书选得如此痛快淋漓，不看价格、不管数量，喜欢便拿，拿了便走。

七叔的书店如期开幕了。书架上琳琅满目的书，五彩缤纷，显得生气勃勃。七叔在不算宽敞的店面里走走、坐坐，在排排书架间抽出书本来翻翻、读读，脸上的笑容很满足、很幸福。

每回经过丹戎百葛，我总到七叔的书店小坐一阵子。然而，每次去，心中总像被刀剐了似的，痛得难受。

七叔的书店，门可罗雀。

闲闲的七叔，坐在书架间，面无表情地看着对面糕饼店川流不息的顾客。

架上的书，一本一本，亲亲密密地挨着坐，朝夕相见，永不分离。

有一天，七叔又来找我，淡淡地说：

"我打算改卖录音带了。那些书，是否可以打个折，请其他的书店收回去？"

尽管他装作若无其事的样子，可是，他眼里的灼痛，却是无法掩饰的。

几个月过后，再经过丹戎百葛区，到七叔的店铺去。原本寂静无声的店，发出了震耳欲聋的乐声；原本阒无一人的店，挤满了青春正当的少男少女。

七叔坐在收银机旁，收钱、找钱，硬币相碰时，叮叮当当地发出了悦耳的声响。

可是，七叔的脸，木木的、硬硬的，无笑。

小启示

一个爱书的人，凭着努力去实现梦想，却以失败告终。这个真实的故事促使我们深思，让书店走向死亡的因素是什么？还有，爱书的七叔，是不是可以换个经营的方式，让他的书店起死回生呢？

木瓜树上那累累的果实，没有翅膀，但是，全都飞走了，半个不剩。

在新居的后面开辟了一片果园，种香蕉、甘蔗、木瓜、辣椒、橘子、香兰叶、姜等等。浇水、施肥、除虫，勤勤耕耘，苦苦期盼。最先在枝叶间冒现一圈一圈玲珑绿影的，是橘子树。接着，辣椒也不甘示弱地展现了绚烂的风采。然后，甘蔗一根一根开枝散叶耸天而去，满园皆是关不住的春意。

我的最爱是木瓜，所以，当一个个形体日益丰满的木瓜快乐自豪地从碗口般粗的树干上"攀爬"出来时，我的心里，一朵一朵，全是笑花。孩子呢，特别喜欢香蕉，一有空便跑去看，一天，尖声叫嚷："啊，出来了，出来了！"果然，雏形初现的香蕉，弯弯的，像一串一串无声的笑。孩子的心，变成了一泓池水，池里一条一条游来游去的，全是"欲望之鱼"。他们骚动不安地等，焦焦灼灼地等，等它长大，等它成熟。木瓜和香蕉日日长、日日壮。这天回家，又习惯性地走到后园去看，然而，目光才一停驻在木瓜树上，眼珠便成了"冰雹"，阴嗖嗖的寒意霎时传遍全身。木瓜树上那累累的果实，没有翅膀，但是，全都飞走了，半个不剩。隔邻那株香蕉树，抱着"泥菩萨过江"的心态，战战兢兢而又战战栗栗地守着一季未成熟的芬芳。对着这一棵"空空如也"的木瓜树，心情十分失落，木瓜固然不值钱，然而，这是我灌浇了无数心血的第一批成果呢，真不甘心。

有人提醒我：园丁可以自由出入我家大门，嫌疑最大。

我不想打草惊蛇，静观待变。

大约过了一个多月，我由外面归家，正是傍晚时分，在溽暑中的夕阳露着疲惫的焦黄，整个大地像一头昏睡着的兽。推开厚重的木栅门，眼前的景象令我的血压骤然升得比气温更高——园丁阿强正蹲在地上，摆弄着一束一束显然刚刚从树上采摘下来的香蕉。

嘿，人赃并获！

"阿强！"我生气地喊道，"你要采我后园的水果，为什么不先照会我一声？"

阿强猛然抬起头来，黧黑憨厚的脸浮起了多个茫然的问号。我毫不客气地把话重复一遍，他这才嗫嚅着说道："这，这些香蕉，不是您的，是，是我在斜对面那间屋子的后园采来的。那间屋子正在大规模的装修，后园的果树全都要砍伐掉。那些装修工人不喜欢吃香蕉，叫我去采。我想到您可能喜欢，特地送几束过来给您……"

那几束熟透了的香蕉，一根一根微微地弯着，像一个一个讥讽的笑容，笑我把"冯京当马凉"的"自以为是"。原已失去热力的太阳，此刻竟变为热不可挡的铁条，一下一下地、毫不留情地烙着我的脸。

小启示

在未查明事情的真相前，便鲁莽地凭表象来判定他人"死刑"，是一种危险的行径。

苹果的故事

"我希望苹果树陪我长大，让我烘焙苹果馅饼给我老去的妈妈，陪着她一起吃。"

"你出个题目考考她，"张蕙欣催促着说，"快点，出题啊！"

张蕙欣那九岁的女儿文凌，乖巧地端坐着，等我"出题"。

窗外，是绿意盎然的庭院，张蕙欣在院子里种了好些果树，现在，正是果实成熟的季节，红而圆、大而亮的苹果累累地挂在枝丫上，满园春色关不住。

看着文凌，我闲闲地说：

"苹果。"

文凌低下头来，只想了短短几秒钟，便以纯正的英语娓娓说道：

"妈妈在院子里种了一棵苹果树，她常常对我说，植物和人一样，是有喜怒哀乐的，必须善待它们。她很细心地照顾那棵苹果树，苹果树也很尽心地结出红红、大大的果实，报答妈妈。每每苹果成熟时，满园飘香，万绿丛中点点红，煞是好看。果子结得太多了，吃不完，每隔一短段时间，妈妈便叫我从摘下的苹果当中选出那些特别大、特别红的，装满一袋子，送去给约翰叔叔。约翰叔叔是我们对门的邻居，是个退休的老人，妻子死了，儿女不在身边。他很孤独，也很寡言。他会烘很好的苹果馅饼，饼皮薄薄脆脆的，馅儿酸酸甜甜的，我很爱吃。每次我们送了苹果给他以后，他第二天总会回送一个苹果馅饼给我们。到了下午时分，约翰叔叔便会在他的小花园里独自一人喝下午茶，吃苹果馅饼。约翰叔叔很严肃，附近的孩子都不喜欢他；可是，每次我送苹果给他的时候，我都看到他露出很开心的笑容。所以嘛，我觉得园子里的这棵苹果树是睦邻大使。不过呢，看到约翰叔叔一个人吃苹果馅饼，我觉得很难过。以后，妈妈老了，我要陪她一起吃。去年岁暮，钟响许愿，我便在心中对自己说：'我希望苹果树陪我长大，让我烘焙苹果馅饼给我老去的妈妈，陪着她一起吃。'"

文凌的故事一说完，我便忍不住大声喝彩，张蕙欣满脸都是笑容。

两年前，当张蕙欣一家子移居加拿大时，文凌是个内向羞怯的女孩。然而，她就读的那所学校每周一次的"临场出题说故事"活动，却彻底"改造"了她。根据老师规定，每位学童每逢周一便得从家里带一样东西去学校，老师随意抽选两组学生出来，甲组出题，乙组说故事。所谓的题目，便是学童从家里带去的东西，这东西，可能是蜡烛、绳索、汤匙、盘子、草莓、面巾等等，不一而足。乙组学童便根据这些东西当场编造出一个有关的故事，这故事，可能是真实的经历，也可能是凭空捏造的。这种训练方式，旨在培养口才、胆识、想象力、组织能力等等，一石多鸟，收效奇佳。

实际上，新加坡的老师们也可以通过这样的训练方式发掘出那些有潜在天分的小作家呀！

小启示

每个孩子心中都有故事，教师如能以耐心去发掘、以爱心去培育，孩子的潜能当能得到最大的发挥。

寂寞的壁球

树欲静而风不息，子欲养而亲不在。

国外一名陈姓记者到新加坡来时，约我晤面。

陈小姐是事业成功而保持独身的现代女性。访问过后，双方闲谈时，她突然双目炯炯地望着我，问：

"你双亲健在吗？"

我一点头，她便难以遏制地露出了羡慕的目光，接着，以一种感慨而又无奈的语调说道：

"你的努力、你的成绩，他们都看得到，多好！我呢，长年长日都好像一个人在打壁球，经过了多时的操练，击出了一个又一个漂亮的球，可是，只是孤芳自赏地击向墙壁，没人关心，更没人欣赏，转瞬间，球又一个个地反弹回来。那种心情，实在寂寞呀！"

顿了顿，她说出了一件令她终生抱憾的往事：

"我很小的时候，父母亲便离异了，是

母亲一个人把我拉拔大的。她一生最大的愿望便是看我戴上方帽子。为了供我读书，她拼命地工作，拼命地存钱。也许是操劳过度，我读大一那年，她便因中风而瘫痪了。我凭着优异的成绩，申请到奖学金，疯了似的勤学苦读，一心只想快点毕业，让母亲安享晚年。好不容易熬到毕业了，进了报馆当记者，可是，我还没领到第一个月的薪水，母亲便遽然去世了。她死的那天，我的心，好像整个被挖空了，那种濒于狂乱的痛苦，教我好多次想把头往墙壁撞过去。老实告诉你，当时，我真的真的好想跟着她走啊！"说着，她露出了极端苦涩的表情，"现在，每每看到别人领了薪水而快快乐乐地带着父母亲上馆子，我便羡慕。这么简单的一个愿望，我却一辈子也实现不了，真是难过。"

树欲静而风不息，子欲养而亲不在。

双亲的死亡，是一把尖尖的匕首，永远插在孩子的心上。

小启示

亲人在世时，多关怀他们、多陪伴他们，不让他们生气、不让他们担忧。他日即使天人永隔，心中也不会有太大的遗憾。

教学多年，见过各式各样的家长……然而，像眼前这样的，却绝无仅有。

那名 15 岁的男孩子，就直直地站在办公室外。短短的鬈发，不听使唤地卷来卷去；白皙的脸，露着桀骜不驯的表情。

我和他的母亲，面对面地坐在办公室里，两个人都没有开口。我在心里琢磨着适当的用词，她呢，担心我把那既成的事实明明白白地说给她听。

教学多年，见过各式各样的家长，不分青红皂白凶悍无礼地护短的，气势汹汹地在众人面前辱骂自己儿女的，冷淡漠然地任由校方严加处置的，涕泪滂沱地哀求老师从轻发落的，都有。

然而，像眼前这样的，却绝无仅有。

她仪容端庄，彬彬有礼。

丈夫早逝，她在一家跨国公司当秘书，独力抚养唯一的孩子。可是，这个孩子，却是学校里大家公认的"问题人物"：迟到早退、无故旷课、作业不交、顶撞师长。屡劝屡犯、顽逆不改。

老师束手无策，请家长前来面谈。

第一次来时，她静静地听老师把她的孩子行为失当之处一项一项地数出来，听毕，整个眼圈都红了。半晌，开口了，居然是向老师道歉：

"实在对不起，给您添了那么多麻烦。我工作太忙，没有好好地管教他，是我失责。您提出的那些问题，我会好好注意，设法解决的。"

这一回，再度请她来，是要求她在一份"行为保证书"上签名。她的独子，在上课期间溜到外头去吸烟，被训育老师逮着了，不但不肯认错，反而当街无礼辩驳。她听着听着，眼泪全都"流"到声音里去了：

"这些年来，我一直在物质上尽量地满足他，却没有在生活上好好地辅导他，我很惭愧。老师，请您多给我一点时间，多给他一次机会！"

一个月后，这位母亲在送孩子上学时主动来见我，说：

"老师，我已辞职，打算在家里好好辅导他、帮助他。我过去有错，不能一错再错。"

我为她当机立断的态度和义士断臂的精神而肃然起敬。

有这样的母亲，这孩子，既幸运，又幸福。就算一时行差踏错，一定很快便会回返正轨的！

小启示

　　家长忙于赚钱养家而无暇照顾孩子，孩子因乏人管教而误入歧途，在现代社会里是屡见不鲜的。文中这位母亲，为了孩子而毅然辞去了高薪职位，是值得其他家长深思的。

爱的领地

在长长的一生里，妈妈常常都会为了让孩子笑而把各种各样的伤痛深深地埋藏在心坎里……

好友萧秀娥一向不爱猫猫狗狗，然而，前些日子，经不起儿女一再央求，终于买了一条小狗回家去养。

这天，与我晤面，"狗话"连篇。

其中一则趣事，笑中带泪。

她娓娓道来：

"小狗买回来以后，牙齿发痒，看到什么，就咬什么，鞋子啦、沙发啦、家具啦、装饰品啦，全都被它咬出一个个丑陋的齿痕。我想，既然孩子那么喜欢它，那些东西都是身外物，咬坏就咬坏啦，心中也没多大痛惜。然而，有一天，外出回家，发现它居然把我放在大厅里的那对木雕大象咬坏了。那对木雕大象是我父亲生前千辛万苦从泰国运回来的呀！现在，看到上面那一个个圆圆的齿痕，我又惊又怒，二话不说，便追着它打。你猜猜看，我那宝贝儿子，有什么反应？他冲了过来，挡在小狗前面，声泪俱下地求我别打。我说：'那是你公公的遗物，咬成这个样子，不好好教训教训它，怎么行？'他一听这话，便飞奔入房，取出过年时储存的几百块红包钱，一股脑儿地塞进我手里，说：'妈妈妈妈，赔给您，我赔给您，求求您，别打它了！'"

好友一边说着，一边无奈地笑了起来。

这是现实生活里一则很小的故事，却让我从中看到了许多闪亮的特质。

构成这特质的，是人间隽永的爱。

对于侍亲至孝的好友来说，丧父，是胸口永远的痛；现在，这条愚蠢的小狗，居然"以怨报德"地咬坏了父亲留给她"睹物思人"的遗物，就算对它拳脚交加，也无法纾解心头的痛楚啊！

对于爱狗如己的小孩来说，宠物被打，是一种精神的凌迟；然而，无知的小狗却又确确实实闯了祸，惹得好脾气的妈妈大发雷霆，不打不罢休，情急之下，他只好献出自己所有的"财宝"，希望能为小狗"破财挡灾"。

心软的妈妈，为了抚平孩子的痛，强忍自己的痛，偃旗息鼓，终止"战事"。那条小狗安安全全地站在

"爱的领地"里，欢欢喜喜地摇尾而吠。孩子觉得自己打了一场漂亮的胜仗，也快快乐乐地在泪里微笑。

其实呀，在长长的一生里，妈妈常常都会为了让孩子笑而把各种各样的伤痛深深地埋藏在心坎里。而这，孩子是看不到的。有一天，等他看到了，偏偏又是"子欲养而亲不在"了。

小启示

文中的母亲，由于小狗把她父亲遗留的木雕大象咬坏而追打它。小狗和木雕大象，前者是可贵的生命，后者是珍贵的遗物。心怀孝思的母亲忘了，庄严的生命才是应该被保护的。

刀光里的爱

这一份蕴藏在闪闪刀光里的爱，虽然浓，虽然深，却依然挽不回枕边人的生命。

当那盛在瓦钵里的汤端上来时，主人以拳拳之忱殷殷劝食：

"这是以金钱龟配合名贵中药炖成的，很滋补的呢！"

与我同为座上客的那位广州朋友，性子随和，多日以来，同桌共餐，泥虫、禾虫、猴子、老鼠，来者不拒；然而，此刻，对于摆在她面前的那碗炖龟汤，居然坚拒一尝。

用过晚餐后，我们沿着花香浮动的林荫道走回旅馆时，她才以抑郁的语气，向我道出了一件悲戚的往事：

"当记者那么多年，早已养成了工作第一而家庭第二的观念。一年当中，至少有半年出差在外，东奔西跑，对于家里的另一半，莫说起居饮食的照顾，就算见面的时间，也是屈指可数的。心里老是想着，反正来日方长嘛，何必朝朝暮暮！可是，谁会想到，他那么健壮的一个人，居然会患上癌症！得到消息时，我简直吓呆了！"

她微微颤抖的语音曳在暗沉的黑夜里，显得分外凄凉。

"我愿意尽一切的努力来弥补过去的疏忽，然而，一切都太迟了，太迟了呀！这时，他告诉我，活龟炖中药，有助治病。我平时连杀鱼都不敢，可是现在，为了他，我什么都愿做！整整一年的时间，我硬是逼着自己去杀龟、炖龟。杀龟的那种感觉，任何时候回想，心里都还会发毛哪！"

为了把乌龟体内那泡含有毒素的尿逼出来，她把冷水注入锅里，再把活生生的龟投进水里，慢火加热。水由温而热，由热而烫，继而大滚，龟因热吃痛，挣扎逃命，在惊慌里、在狂乱中，它体内憋着的尿便被逼了出来。

龟死之后，捞出，她还得剖腹清肠。龟壳和龟腹都是硬邦邦的，她只能从龟壳和龟腹之间的夹缝里把刀子伸进去，一点一点地切开，才能把内脏拉出来。根据传统的看法，龟壳是最滋补的。可是，硬壳之上，有一层厚皮，要把这层厚皮刮掉，也是煞费周章的！千辛万苦地刮去厚皮后，将白闪闪的龟壳洗净，斩块，再以中药炖上九个小时。

每周杀龟、剥龟、刮龟，她都是闭着眼睛、咬紧牙关、硬着心肠去做的。

"有时，午夜梦回，蒙蒙眬眬间，还会听到乌龟四足在锅里噗嗤噗嗤地乱抓的声音呢！"

遗憾的是，这一份蕴藏在闪闪刀光里的爱，虽然浓，虽然深，却依然挽不回枕边人的生命。然而，话说回来，把希望寄托在乌龟身上的那一段日子，却多少舒缓了她心里那一份刻骨的悲伤。

丧事过后，她怀着歉疚的心，立下了终生不再杀龟、食龟的誓言。

小启示

文中的女子，为了爱而鼓起大勇气，做了平时绝对不敢做的事情，这证明了爱是能让人超越自己的极限的。但我们是不是应该为了爱而以如此残酷的手法去伤害本来没有必要牺牲的生物呢？这是值得大家深思的。

炒饭大使

成功的炒饭，必须能使每一粒饭在锅中跳舞。

我不是"卖瓜的老王"，但是，我确确实实能够做出色香味俱全的炒饭，炒饭因此而成了我的"烹饪大使"。

到国外旅行而下榻民居，倘若和房东没有语言的隔阂，加上彼此关系良好，我常常便会露一手炒饭的绝技。

有一回，到澳大利亚南部海岛塔斯马尼亚旅行，入居当地的农牧场。农场一家子热情款待我，让我整个儿融进他们的生活里。他们养牛、养羊、养猪、养马，我跟在他们后头挤牛奶、饲羊、喂猪、骑马。他们自己制作面包、果酱、熏肉、香肠、乳酪，每天早上都毫不吝惜地拿出来与我分享。

我住得惬意，吃得快活，忍不住毛遂自荐：

"你们可要尝尝扬州炒饭？"

在他们一家子喜悦的欢呼声里，我驾了车子，到岛上的超级市场去"办货"。咸鱼、鲜虾、鲜蟹都没有，"穷则变，变则通"，我买了冰冻鸡、鲜带子、冷藏大虾，其他的配料包括：火腿、青豆、鸡蛋、小葱头、红萝卜。

我一大清早便把饭煮好，米饭到了傍晚变得干透硬实，炒起来当然也就得心应手了。

澳大利亚的珍珠米颗粒细小、晶莹美丽，然而，煮起来时，却快熟易烂。第一锅煮成的饭糜烂糜烂的，我以"义士断臂"的豪气，把那一大锅香、软、洁白的上好米饭"赐"给猪吃，另煮一锅。这一回，水分和火候都拿捏得很好，煮好的饭富有弹性。

夜幕低垂，一家大小都坐在厅里，等吃。

爆香小洋葱和火腿，炒鸡丁、虾丁、带子丁。然后，考验来了。成功的炒饭，必须能使每一粒饭在锅中跳舞。我把饭弄松了，把火加猛了，看到油在锅中冒烟，这才把饭倒下去。"滋"的一声巨响，米饭熬不住那一份"焚身"的热，争先恐后地在锅中弹跳起来，等到每一粒米饭都吸足了锅气和油气，我才用蛋沫去裹它，把它裹得金黄金黄的，犹如一锅灿然生光的金子。加入配料以后，还得用萝卜丝的红、青豆的绿、蛋丝的黄，来为它装点色彩。

把炒饭捧出去，一屋子的人都为之"惊艳"。

吃了以后，农场主人在歌颂之余，还锲而不舍地追讨炒饭的秘诀呢！

我的炒饭，又一次圆满地完成了它"烹饪大使"的任务。

小启示

作者在澳大利亚以烹饪的技艺换来了异乡的情谊，为旅行平添了许多乐趣。烹饪，能在关键时刻发挥你意想不到的作用。

暗功

勤练"暗功"的爸爸不晓得，他已在不知不觉间把一门"武林秘诀"传给了他的后代！

爸爸记性奇佳。发生过的事，他忆述时，如数家珍；看过的书，他过目不忘。有时，一家子重述旧事，因出现了两个不同的版本而引起争论时，他的"判决"总是最具权威性的。

有谁敢向一个记忆不老的人挑战呢？

最近，父亲与我谈天时，忽然语带感慨地说道：

"我的记忆，已渐有退化的现象了。"

退化，原是自然的生理现象，可是，我这位 78 岁的老爸爸不肯向自然现象低头。

他以报纸作为"武器"，默默地练功。

国际新闻与本地新闻版，事无巨细，一一详读；严肃的言论版、热门的体育版、轻松消闲性的副刊，无一放过。读完之后，嘴巴往往还念念有词。晚上看新闻时，全神贯注。任何一个社会闻人或是政坛人物出现在屏幕上，他便赶快从记忆之库里"掏出"那个人的名字与职衔。

他也利用汉语拼音的练习来加强记忆。

新闻的大标题、小标题，都密密麻麻地被他注了音。然后，再慢慢地根据字典来核对字音，一面对，一面记。有时，学到一些多音词，或是冷僻字的发音，便得意扬扬地写在纸上，拿来考我。难倒我时，便眉飞色舞地充当我的临时教师，谆谆善诱。

除此以外，他还刻意去记那些难以入脑的名字和数字，他把这当作抗衡自然现象的"暗功"！

勤练"暗功"的爸爸不晓得，他已在不知不觉间把一门"武林秘诀"传给了他的后代！

小启示

作者的父亲不肯向岁月低头，想出了许多顽强对抗岁月的妙法，他那种"活到老，学到老"的精神是值得年轻一代好好学习的。

这些语言，不但简洁有力，而且深含哲理。

母亲说话，很有滋味。

不属于滔滔不绝那种"长篇大论"型，更不属于喋喋不休那类"缠脚布"型。

不论遇上什么情况，她总能简简单单地以几句干净利落的话道出心中的感想。

教我们用功读书，她说："秀才不怕衣衫破，就怕肚里没有货。"要我们不耻下问，她鼓励地说："学问学问，边学边问。"有时，我们成绩不好，她就会生气地说："养子不读书，不如养只猪。"

左邻右舍来说是非，她淡定地应："是非整日有，不听自然无。"等搬弄是非的长舌妇离开后，她便又对我们说："来讲是非者，便是是非人。"

市面上东西起价了，她喟然感叹："当家方知柴米贵。"偶尔炊煮晚餐时发现缺了蛋，遣我们向邻居借，第二天总毫不含糊地拿蛋去还，对方一推辞，她便正色说："有借有还千百转，有借无还一次过。"

朋友的女儿遇人不淑而闹婚变，她叹着气说："千拣万拣，拣着个烂灯盏。"某个家族出了个败家子，她谈起来，便说："一粒老鼠屎，搞坏一锅粥。"有人生意失败而养尊处优的妻子被逼外出工作，她同情地说："马死落地行。"另有人因赌博而输光家产，她下评论："见过鬼，就怕黑。"

碰上因暴富而变势利的朋友，她无奈地说："人一宽，脸就变。"遇到爱炫耀的亲戚，她不以为然地说："有麝自然香，何必当风立。"见到对孩子疏于管教的小夫妻，她直言不讳："树小扶直易，树大扶直难。"看到动辄口出粗言的长辈，她又气冲冲地说："为老不尊，教坏子孙。"

这些语言，不但简洁有力，而且深含哲理。我们在她身边长大，日日浸淫于内，就有如植物吸收养分一样，在潜移默化中受到了深刻的影响。

最近，读《中国民间文学集成广东卷：台山县资料集》，我惊喜万分地发现：书内所收的 600 余条谚语，有许多是耳熟能详的。

原来妈妈口中的谚语，是过去数百年以来在台山广为流传的！

这些谚语，可说是先人经验与智慧的结晶，也是千锤百炼的人生警句。它们在"适者生存"的自然定律里，经过千百年岁月的洗礼，一代复一代地流传下来，造福后代。

真是"前人种树后人凉，前人种果后人尝"呵！

小启示

诙谐幽默而又一针见血的谚语，累积了前人无数的生活经验与长期沉淀的智慧，是精神世界里的宝库。年轻人熟读它，将会终生受惠。

地毯里的男人

他把地毯看成生活里的良伴，每一块地毯都蕴藏着他深厚的情感，一谈起它们，他便眉飞色舞。

爱手金是我的土耳其朋友。

我前些年去土耳其旅行时，在伊斯坦布尔（Istanbul）邂逅他。当时，他在一所中学教日文。结识之后，他邀请我和日胜到他的寓所喝茶谈天。他的居所简陋而又邋遢，可是地上却铺满了织工精美而构图新颖的地毯，都是他利用闲暇亲手编织的。编织毛毯和地毯是土耳其人的传统手艺，我眼前这名土耳其人，对这门传统手艺的爱好已达狂热的程度。他把地毯看成生活里的良伴，每一块地毯都蕴藏着他深厚的情感，一谈起它们，他便眉飞色舞。

为了追求自己的理想，四年前，爱手金离开了教育岗位，在伊斯坦布尔市中心开设了一家地毯店，从事地毯零售与批发生意。当他写信告诉我这一件事时，我可以从他力透纸背的每一个字感受到那一种近乎颤抖的快乐。

因为他精通日文，加上日本经济发达，人民购买能力强，所以他把生意的大网撒向了日本，单单去年，便往返日本六次。

今年 8 月，他在日本谈妥生意回伊斯坦布尔时，取道新加坡。

我约他在餐馆见面。

暌违五年，蓄了八字须的爱手金更加成熟稳重。他捎来了一大沓照片，拍的全都是他店里所出售的地毯。详尽地把这些地毯的特色一一介绍给我时，他的眼光里有说不尽的温柔。

这些手织地毯是爱手金亲自到土耳其八个村落去找人洽商、设计，而后手织而成的。

便宜者几千美元，昂贵者高达十几万美元。

爱手金慎重地抽出其中一帧照片，递给我看。照片里的地毯，主色是红的，浓稠艳丽的鲜红色，搭配着轻盈、温馨的米色和绚烂、晶亮的金色，在地毯上构成了气派万千的图案。这张地毯是五名织工花了整整两年的时间，耗尽心血织成的，售价是 14 万美元！

"它是非卖品！"爱手金得意扬扬地说，"我要保留给我自己。希望努力工作几年后，我能买一间像样的屋子，摊放我心爱的地毯。"

爱手金在伊斯坦布尔的店子，坐落于遐迩闻名的蓝色清真寺附近，游客络绎不绝。店里挂着、铺着、摆着、卷着的，全是地毯。他一天到晚就坐在地毯当中，和来自世界各国的游客谈地毯、卖地毯。关店以后，又忙着到各个村落去看地毯、搜购地毯。现在，出国也是为了到日本去洽商地毯的买卖。

这个老实敦厚的男人，把自己的一生都"织"进了地毯里。

小启示

土耳其人爱手金是幸福的，因为热爱地毯的他，最终得以把自己的梦全都织进了地毯里。你心中如果有梦，不要守株待兔，奋起直追吧！

挑战

敢于向自己的胆识挑战者，在人生道路上，绝对不会轻易被生活的荆棘所绊倒，更不会轻易为生活的惊涛骇浪所击败！

池塘里，一条一条，全都是面目狰狞的鳄鱼。

池塘畔，站着两男一女。男的肤色黧黑，胸肌怒张，臂肌如铁。女的呢，纤瘦秀气，亭亭玉立。

现场气氛凝结成冰，有袭人寒气。

表演开始了，两男一女神情凝重地走下池塘去，小心翼翼地把鳄鱼一条一条地拖上来，两名壮硕的男子好似没费多大的劲儿，便把两条体型较小的鳄鱼弄上了池畔。那胆识过人的少女，身材瘦小，偏偏选了一条体积硕大的鳄鱼，拼尽吃奶之力，死命地拖呀拖的，终于气喘吁吁地把它弄上了池畔。那条凶神恶煞的鳄鱼，不情不愿地在池畔的表演场地上躺了一忽儿，便又慢慢地爬回池塘里。少女试着去拉它的尾巴，反而被力大无穷的它拽得翻滚在地，几乎跌入满是鳄鱼的池塘里。原本鸦雀无声而屏气凝神的观众此刻都忍不住惊喊出声。

接着，人与鳄短距离接触的表演正式开始了。表演者花招百出，把头伸进鳄鱼满是利齿的血盆大口里、瞪大双眼与鳄鱼互相对视、躺在鳄鱼身上做出各种顽皮的小动作、挺直地抱着鳄鱼巨大的身躯绕场走等等，不一而足。

这个蓄养了三千条鳄鱼的大乐园，坐落于新加坡裕廊区。

令我印象深刻的，是那秀里秀气却表现勇敢的少女，原以为她和那两位男性表演者同样来自印尼，攀谈之后，才知悉她是新加坡土生土长的。

想起刚才惊险万分的表演，我问道：

"训练鳄鱼进行表演，应该很辛苦吧？"

"训练？"她讶异地睁大双眼，"鳄鱼的脑只有一根香烟那么小，根本不可能接受任何理性的训练。再说，表演生涯十分疲累，为免影响鳄鱼正常的成长，每隔一个短时期，便必须调换表演场上的鳄鱼。"

如此说来，这次参与表演的鳄鱼全都是未经训练和未曾驯化的野生鳄鱼啰？

她点头。

呵，眼前这名豆蔻年华的姑娘，天天混在生性凶狠的鳄鱼堆中，莫非吃了豹子胆？

"起初，当然是怕的。"她毫不隐瞒地说，"可我尽量说服自己，面对它，熟悉它，不要害怕，更不要逃避，时间一久，我慢慢地了解了它们的习性，摸熟了它们的脾气，懂得了应对的方策，便不再怕啦！"

心无所惧，事事才能得心应手！

这少女，说的是与鳄鱼相处之道，然而，听在耳里，却全都是人生宝贵的真理。

敢于向自己的胆识挑战者，在人生道路上，绝对不会轻易被生活的荆棘所绊倒，更不会轻易为生活的惊涛骇浪所击败！

小启示

要向自己的胆识挑战，当然困难，但是，坚毅的决心却足以克服万难。

都是妈妈惹的祸

孩子犯错而家长不分青红皂白地加以祖护，就等于为将来的社会埋下一枚"定时炸弹"！

教书多年，常常为了各种各样的问题与家长见面。

最怕见的，是那些没有是非观念的"慈母"。

败儿，只因盲目祖护。

说说几个难忘的实例。

例一：

一名中学生在校园非礼女同学，校方召见家长，来了一位拼了命死死地抓着青春尾巴不放的中年妇女，蓬蓬松松的头发俗里俗气地染成了触目惊心的金黄色，长长深深的乳沟肆无忌惮地从大大敞开着的衣领"爬"了出来。知道有关她儿子色情、下流的行径之后，她以涂着桃红蔻丹的手指撩了撩头发，气定神闲地问："嘿，请我来学校，就是为了谈这事吗？你们这不是小题大做吗？"在场的教师都以为自己的听觉出了毛病，瞪着她看。她又撩了撩头发，好整以暇地问道："那个女的，怀孕了吗？"生气至极的级任老师不假思索地应道："他只是非礼而已，（女同学）又怎么会怀孕！"性子狡诈的她，立刻接上了话茬儿，说："既然没有怀孕，你们又何必没事找事做呢？说是非礼，不就是你情我愿的事吗？一个巴掌拍不响，摸摸又没有什么损失，你们干吗穷紧张？"

那种"理不直，气极壮"的样子，倒好像是别人非礼了她的儿子，而她则"宽宏大量"地给予"特赦"！

若干年后，如果她的儿子成了警方追缉的大色魔，相信曾经领教过这位"慈母"言行的老师应该都不会觉得意外吧！

例二：

一名学生抄袭网上流传的作品而获得校内创作比赛第一名，被人揭发后，校方要求他将奖金退还，并向全校道歉。母亲巴巴地赶来学校，一张油光闪闪的脸好似加入了过多酵母而发得不清不楚的面团，大大、白白、浮浮、肿肿，偏那双眼睛凌厉得像豹。一听"罪状"，便哼哼冷笑："抄袭？平常得很啊，我以前在中学读书时，每一篇作文都是东抄西凑的，可校方从来不曾召见我的家长！孩子不懂事，你们却这么严厉地惩罚他，不是太过分了吗？他想不出东西来写，当然只能抄别人的作品嘛，天下文章一大抄，有什么不对？好的文章本来就是让别人抄的嘛！就算他不抄，别人也会抄去用，你们又何必好管闲事？"

几位"好管闲事"的老师面面相觑，瞠目结舌。

可以预见，这名学生在母亲这种"黑白混淆"的袒护下，也许会进一步将偷看、偷窃等犯罪行为视为合理，反正"好的答案本来就是让人抄的""好的东西本来就是让人拿的"，不抄白不抄、不拿白不拿嘛！

例三：

一名性子凶悍的少年在校内、校外屡屡闹事，一日，手持木棍，纠众打架，公众报警，人棍并获。长得高头大马的母亲冲来学校时，像刚刚从屠宰场里走出来似的，满脸都是腾腾杀气。她气势汹汹地责问训育老师："他拿木棍也有错吗？你有看到他打人吗？你且想想，别人不打他，他拿木棍干吗？你不去追究那些欺负他的人，反而怪他闹事，不是很荒唐吗？"

训育老师看着这名满口荒唐言的女人，觉得自己真的是活在一个荒谬的时代里！

以后，倘若少年成了社会的暴徒，谁该负起最大的责任呢？

孩子犯错而家长不分青红皂白地加以袒护，就等于为将来的社会埋下一枚"定时炸弹"！

小启示

"严师出高徒，慈母多败儿。"为人父母者须谨记：孩子需要保护，不能袒护；可以包容，不能纵容。千万不要把"爱"变成"害"啊！

防腐剂

祖宅终究只是一个空的壳，根植于心的亲情，才是我们必须终生保护、保持、保全、保藏的。

不同了。

一切都不同了。

心情、感受、实际情况，一切的一切，全都不同了。

几个月前，几家人还意兴勃勃地讨论回返怡保祖宅欢度农历新年的事儿，晴天里忽然传来一声霹雳，所有的决定都化水成烟。

自从大姑搬离祖宅而在吉隆坡另购公寓之后，怡保偌大的祖宅便只留下一名印尼籍的女佣。工作虽然清闲，可是，日日守着寂寞，夜夜伴着孤灯，合约一满，她无论如何也不肯再续约了。一时找不到合适的女佣，便让屋子暂时空置着。然而，万万想不到，不及一个月，便遭窃贼光顾。从"窃"后情况推断，窃贼肯定不止一个，而是一批；偷窃手法狠、绝、彻底，小件的装饰品与器皿且不说，大件的家具与桌椅居然也被偷了个精光；最叫人愤怒的是，电灯被拆、水管被锯，既没电，又没水。曾经热闹、喧嚣的祖宅仅剩下一个"空壳"，凋零、颓败。朋友闻及此事，慨然叹道："说什么偷窃，简直就是洗劫嘛！"是的是的，过去"应有尽有"的祖宅，如今已被"洗劫一空"了！

听着亲人绘声绘影地说着这事，心中涌满了无可化解的悲伤。婆婆于三年前撒手尘寰时，我们曾想力保这所晃动着无数笑声泪影、盛载着无数珍贵记忆的祖宅；可是，如今在无情的现实面前，我们却不得不低头了——在农历新年喜气洋洋的跫音里，我们万分无奈地在报上刊出了"洋楼待售"的启事。

今年的除夕夜，是在小姑位于吉隆坡的公寓里度过的。不谙炊事的她，为了我们，破例洗手做羹汤。

她亦庄亦谐地谈起她焖煮猪手的经验：

"哇，以前没见过比这更大的猪手，高高地吊在摊子上，连皮带肉，完完整整一大个，足足有四公斤重呢！又买了白菜两公斤，两条手臂提得几乎脱臼呢！原以为猪手越大越好，可是，当我在锅里为猪手过油时，才知道'恐怖'这两个字怎样写！猪手霸里霸气地横卧在锅里，我尝试为它翻身，翻来翻去都翻不了，实在是太沉了呀！还有，白菜买得太多，哪里还可能与那只巨无霸猪手'同栖同宿'！没有办法，只好把白菜和猪手分开来煮。所以嘛，虽然是同一道菜，你们却有幸尝到两种味儿！"

众人捧腹大笑之余，也深为她的诚意而感动。

厨艺精湛的大姑呢，一口气煮了七八道佳肴，携来小姑处，大家热热闹闹地聚在一块儿，高高兴兴地大快朵颐。公寓不大，可是人气很旺；回不了祖宅，然而亲情常在，长在。

年初一，一行人"浩浩荡荡"地分驾几辆车子到怡保亲戚家拜年，特地绕道去看看那所待售的祖宅。一看，眼眶全湿。原本可以停放十辆车子的宽敞庭院，乱七八糟地长着高可及膝的野草，风过处，闪出一片阴郁的惨绿；亲爱的祖宅呢，此刻，"萎靡不振"地立在萋萋荒草中，"容颜憔悴"得不复辨认。

他日，祖宅一旦脱售，我们与它的关系便画上了永远的句号。心里虽然有万般不舍，可是，认真想想，祖宅终究只是一个空的壳，根植于心的亲情，才是我们必须终生保护、保持、保全、保藏的。实际上，婆婆在生前已用她绵长无私的爱，为下一代的亲情注入永远"保鲜"的防腐剂了……

小启示

外在世界里的许多东西，都会因时间的流逝或环境的改变而消失，只有亲情，是永远保鲜的防腐剂。

黑色的文件

> 如果把记忆之库比喻为电脑,那么,死亡,就像电脑里的一个黑色文件。

两年了。

父母逝世,居然整整两年了。

那种好像锥子直捣心窝般尖锐得令人痛得回不过气的感觉,并没有随时间的流逝而消失。许多时候,当柠檬般的月色静静地在地上铺陈出一层旷世的温柔时,那两张好似千年植物般盘根错节地缠在记忆里的脸孔,常常会出其不意地跳出来,急速揉眼,想看清楚一点,不意却揉出满掌濡湿的悲凉。也有的时候,走在被骄阳灼得发软的柏油马路上,突然看到前方有个步履蹒跚的胖子,满头斑白的华发优雅地散发出一圈一圈快乐的气息,冲动的我,往往在喊了一声"爸爸"之后,才惊觉自己误把"冯京当马凉",眼泪,就在光天化日之下、就在大庭广众之间,难以控制地涔涔而下。啊,纵是长得再像,依然只是"海市蜃楼"而已!

2005年3月初,八方文化创作室假裕廊

东图书馆为拙著《文字就是生命》举行新书发布会，一名表情凝重的中年读者在散会时激动而又诚挚地向我道谢，她双目噙泪而嗓子喑哑地说道：

"母亲去世后，我一直无法摆脱心中的哀伤，真有活不下去的感觉。后来，读了您那篇题名《够了》的小品文，我才设法帮助自己从悲伤的阴影里走出来。虽然走了出来，可是，每次回想，还是心痛如绞！"

呵，悼念亡者的哀思，实在比胎记更顽固、比磐石更沉重，是一种一生一世也摆脱不了的牵挂与伤痛！

如果把记忆之库比喻为电脑，那么，死亡，就像电脑里的一个黑色文件。至亲的人将这"文件"日夜不分地摊开于眼前，盯着它看，不停不歇地看，每一个无形的字，都是剐心的凌迟。理性的做法是：明明白白地告诉自己——"够了"，然后，温柔地把"文件"关掉，果断地让自己从痛苦的泥沼里跳出来。

关掉"文件"，并不意味着删除，它在，永永远远都在。

我们不应忘记，更不该忽略的是，"电脑"里面还储存着其他多个色彩斑斓、内涵丰富的"文件"，"文件"里面，有着无数弥足珍贵的传统价值观、生命观；而我们确知，在秉承祖训的当儿，许许多多闪亮如金子的特质，已永永远远地流入了我们的血液里……

从广义上来说，溘然长逝的亲人实际上已在我们的思想体系里复活了，我们见不着他们，他们却时刻与我们同在。

今天，是母亲的忌日。夜凉如水，月亮圆得毫无瑕疵。沐浴在饱满的月色里，我的心情从未恬静如斯，因为我知道，生性淡泊而遇事无惧的母亲，又披着淡淡的、恬静的月色，快乐地前来相伴了。

小启示

我们的记忆之库里存放的"文件"，有快乐的，也有悲伤的。我们应该学会自我控制，不要老是被伤痛的记忆困扰。只有删除了"黑色的记忆"，才有余隙去存放"彩色"的。

鞭痕

对于屡劝不听的"死硬分子"来说，体罚，也许还是最好的方式。

那一年，我七岁，就读于怡保育才小学一年级。

教华文的章老师，是父亲的好朋友。他瘦瘦高高的，走路时，背和腰都挺得直直的，像一支铅笔，满腹诗书使他那张白得像面粉一样的脸透着浓浓的书卷气。

早在我入学之前，章老师便是家中常客。他和父亲讨论的课题对稚龄的我来说太深奥了，可是，我很喜欢他的到访，因为每回他来时，都会给我们姐弟三人带些可口的饼干和糖果。

入学之后，章老师又凑巧成了我的级任老师，我理所当然而又一厢情愿地认为他会对我另眼相看。事实上，章老师也的确对我特别和气，每回看到我时，镜框内那双圆圆的眸子总不经意地闪出温和的笑意；有时，忘了带课本，章老师也没罚我，只轻轻告诫几句，便算了事。同学们因此都把我视为章老师的"宠儿"。

那一回，章老师因事来迟，我和几位同学高高兴兴地围在一起，学折纸鹤。

章老师一进课室，便提高声量说道：

"同学们，回到座位去，拿出课本来！"

许多循规蹈矩的同学都纷纷归座了，我们手中的纸鹤只差几个步骤便完成了，自然不愿半途而废，可是，师命难违，同学们一脸的意兴阑珊，正想"作鸟兽散"时，吃了豹子胆的我，居然大模大样地对同学们说道："别听他的，先把纸鹤折完！"

有人壮胆撑腰，同学们自然敢于继续作乐了。

章老师连续喊了几声，我们置若罔闻。章老师以细细长长的藤条大力地击了击桌面，高声喊道：

"回到座位，听到没有！"

我对同学们说道："别管他，继续折！"

忍无可忍的章老师拿着藤条朝我们这几个人走来了，可怜的我，全无"危机意识"，还喋喋不休地说、兴高采烈地玩，像足了那只仅顾捕蝉而不知黄雀在后的螳螂。

章老师走到我身旁，倏地扬起了藤条，以迅雷不及掩耳之势，狠狠地朝我的小腿挥了过来，随着"啾"的一声，一股几乎让我承受不了的痛楚霎时热辣辣地在腿部蔓延开来。

在死一般的寂静里，人人噤若寒蝉，身体僵直地走回座位去。

我呢，垂着头，豆般大的泪珠滴滴答答地掉满一桌。哭，是因为被痛苦地鞭醒了。而这一醒，便醒了长长的一辈子。

章老师挥下的这一鞭，鞭去了我自以为"背后有靠山"那一份有恃无恐的霸气和愚昧；而留在我腿上那一道血红浮凸的鞭痕，又使我内心因惧怕而发毛——我怕父亲发现。我清楚地知道，父亲一旦发现，一定会使我腿上的鞭痕由一道变为一双的。

醒了以后的惧怕，使我在漫长的一生里深切地懂得了自律之道。

时代不同，观念迥异，教育当然也应该因时制宜地做出相应的改变；然而，对于屡劝不听的"死硬分子"来说，体罚，也许还是最好的方式。

小启示

在提倡"爱的教育"的当今社会里，体罚或许会引起一定的争议；但是，老祖宗的智慧告诉我们，"不打不成器"的道理，对于一些"不挨打会忘记"的犯错者也许还是较为有效的。

莫忘磨刀呵

语言如匕首，要让那把闪着如虹亮光的匕首长保锐利，日日磨它是不二法门。

从邮差手上接过那张漂亮至极的教师节贺卡，一股暖流汩汩地流进了心坎里。这位感念师恩的学生，自学院毕业已有整整四年了，可是，每一年总不忘在教师节给我寄贺卡。

从他年年寄送的贺卡上，我发现了一个不容忽视的隐忧。

这位学生异常聪慧。初教他时，他的语文成绩并不突出，靠着萌生的兴趣，加上勤奋苦学，势如破竹地取得突破性的进展。会考时，一如预料般考获特优。毕业后，接到他的第一张贺卡，卡上密密麻麻地写满了字，除了将满心真挚的感激化成满纸衷心的感谢外，他也写了对自己未来的期许、报告了目前的生活概况。用语流畅，文采斐然，显示了一定的语言功力。

贺卡犹如校好了的闹钟，每年总在教师节前夕准确无误地寄达我手。尽管寄卡人温馨的心意年年一致，可是，有一个残酷的事实却明明白白地摆在眼前：这位聪颖的学生，华文程度是一年不如一年了。

今年的贺卡上只有短短四行字，却有三个宛若臭虫般的错字，大模大样地"盘踞"在美丽精致的贺卡上。更让我揪心的是，这些错字，不是艰字涩词，而是常见字。

很显然，这位学生在离校后，便与华文渐行渐远了。如今毕业于大学，工作繁忙，也许华文已变成他生活中的"绝缘体"了。

我深感可惜。

曾经，他意气昂扬、心无旁骛地埋头苦读，掌握了多如"过江之鲫"的丰富词汇，拿起笔来挥洒自如，写成的文章屡屡被选为班上的范文。可是，四年后的今日，逆水行舟，不进则退，连最简单的生活用语都写错了。

分析原因，再简单不过。

诸多词汇长期被禁锢在脑子里，不见天日，既不看也不用，旷日持久，便"发霉腐烂"了。

实际上，这是当前莘莘学子在语文教育上所面临的一大危机。

表面上，他们接受的是双语教育，然而，离校之后，缺乏接触与实际运用的机会，如果不温故知新，曾经拥有的，绝对难以天长地久。

就以我亲爱的女儿来说吧，她在负笈英伦前，说话出口成章，行文清丽可喜。然而，出国这两年，虽然与家人频密地雁去鱼来，用的却纯然是横行的文字。上周，意外而又惊喜地接到了她以中文发来的电邮。

她如此写道：

"长久没有使用中文，表达能力已大不如前。如果我再不主动和它接触，也许它便要逃走了。从现在起，请您给我写中文信。妈妈，您不要担心，我这封信虽然写得烂烂的，可是，写多了、写久了，一定会步步高升的。"

哈哈哈，步步高升！我欣慰地微笑。

有了自我学习的意愿和心愿，有了坚持使用中文的毅力和努力，中文势将成为我女儿终生受用不尽的瑰宝和无往不利的武器。

谨以此文和全国所有曾经爱过而依然爱着母语的青少年共勉：语言如匕首，要让那把闪着如虹亮光的匕首长保锐利，日日磨它是不二法门。磨刀的时间不必长，每天仅仅半个时辰便够了，重要的是那份绝不间断的持续性。否则，匕首一旦生锈，十余年功力悉数废掉，不值啊不值！

小启示

　　许多学生离校之后，都会因为疏于使用而把语文知识"如数归还"给老师；但是，如果心中有爱而又能时时温故知新，已经入心入脑的学识，是老师无论如何也"拿不回去"的。

双臂的力量

学校倒塌、家园毁坏，都摧毁不了他们在废墟中继续求学的意志，因为老师有力的手臂，让他们找到了活下去的力量。

那一双双手，原本是握着粉笔在黑板上通过一笔一画的字来向孩子传授知识的；那一双双手，原本是用来牵引孩子走向正确的人生道路的；那一双双手，原本是为哭泣的孩子送上手帕、为快乐的孩子戴上花环的。可是，在 2008 年 5 月 12 日那天，在天崩地裂的那一刹那间，那一双双温暖、柔软的手却骤然变成了一根根坚不可摧的钢条，拼死从大自然狰狞的魔掌里夺回一条条稚嫩、可贵的生命，组成了一则则血泪交织、感人肺腑的无言篇章。

德阳市一位年届半百的教师谭千秋，在东汽中学执教。天动地摇的那一刻，他张开双臂，趴在桌上，像张着羽翼的天使，死死护着四个学生。四个学生都活了，他却死了。他的妻子张关蓉，仔仔细细地将粘在他脸上的每一粒沙尘都轻轻地擦去。当她梳理他蓬乱的头发时，却发现无论如何也梳不回他生前惯梳的那个发型，因为他的后脑已被楼板砸得深深地凹了下去。她想给他擦去身上的血迹，但一举起他的手臂，便失控地喊道："昨天抬过来的时候还是软软的，咋就变得这么硬啊！"她轻抚丈夫的双臂，恸哭失声。然而，正是这双比钢铁还硬的手臂，使出狠劲，挡住了死神，捍卫了四条宝贵的性命。

映秀镇小学 29 岁的老师张米亚，屈着身体跪在废墟上，双臂紧紧地搂着两名学生。被发现时，他已气绝，而那双搂住孩子的手臂也已僵硬了，救援人员只好噙着眼泪、硬着心肠，把他的手臂锯断，将仍有呼吸的孩子救出来。那沾满了鲜血的断臂，在灰蒙蒙的颓垣败瓦中，闪出了比太阳更耀眼的亮光。

北川中学一名学生，浩劫过后，在日记里披露，当地震发生时，初二四班的学生正在上李佳萍老师的政治课，伴随着"轰轰轰"的声音，教室剧烈地摇晃，同学们都吓得不知所措，李老师机警地冲去打开大门，大喊："快跑！"她拉着、推着学生往外逃。为了让更多的学生逃出去，她用双臂硬硬撑住已经变形的门；可是，血肉之躯又怎能承受得了五层楼的重量，她随即被轰然垮塌的楼房压在下面，在房屋倒塌的那一刹那，她还拼尽全力将一个学生推了出来！李老师的手臂，撑不住整座建筑的重量，却稳稳地撑住了多个孩子的性命！

永安坝村小学的苟晓超老师，新婚才十天，为了抢救学生而身负重伤，当村民赶去救他时，一息尚存的他，以颤抖的手指着楼顶，说："上面还有学生，快，去救他们……"话还没有说完，便带着一脸"任务未成身先卒"的遗憾，永远地合上了布满红丝的双眼，而他，并没有给新婚的妻子留下只言片语。这位校园里的勇士，在自己健壮的双臂失去了救人的力道时，还坚持以颤抖的十指无声地道出了最后的、最大的愿望。

什邡龙居小学年轻的向倩老师，楼房一摇晃，她便紧急疏散学生。班上的学生往外逃得七七八八时，她看到两名吓坏了的学生，手足无措地呆立着，于是赶紧冲过去，一手搂一个，朝门外狂奔，就在这时，教学楼坍塌，她和那两名学生一齐被埋在废墟中。对着冰冷的尸体，她悲痛欲绝的父亲老泪纵横地说："我可以理解，作为教师，应该这样！应该这样！"向倩老师以坚实的手臂，冷静而勇敢地帮助许多学生逃出生天。最后，又在全然无法抵抗死神侵袭的劣势下，以温暖的双臂，抱住学生，陪他们一起走上黄泉路。

地震过后的一个星期，四川多个受灾区临时搭建的简陋课室里，传来了一阵阵琅琅的读书声，许多学童重背书包、重拾课本。学校倒塌、家园毁坏，都摧毁不了他们在废墟中继续求学的意志，因为老师有力的手臂，让他们找到了活下去的力量；老师无私的牺牲，让他们看到了活下去的意义！

小启示

　　汶川地震发生时，教师的双臂生出无穷的力量，保全了学生的性命，牺牲了自己，给世人上了一堂意义非凡的生命教育课。

在新加坡，想学华文，是易如反掌的，无论是家里、学校、社区，处处都是学习的场所，处处都有学习的机会……

"只要痛下决心，没有任何语言是学不会的！"

这句掷地有声的话，是一位以色列人对着数百名学生说的。

先驱初级学院母语部举办了一项饶具意义的活动，邀请了一名以色列人 Guy Ofek（盖伊·奥菲克）来向数百名学生畅谈他学习华文的动机与决心。

Guy Ofek 任职于一家跨国公司，不久前被派遣到新加坡来，担任市场开发的工作。

众所周知，以色列在 1948 年建国后，犹太人便纷纷从世界多个国家和地区涌回以色列定居，以色列因此成了一个多语并存、百花齐放的犹太移民国家。为了培养国民的认同感，政府经过慎重的考虑后，决定以希伯来语作为官方语言。希伯来语曾是古代犹太人的语言，《圣经·旧约》就是用希伯来语写成的，它可以说是一种重新复活的古老语言。

Guy Ofek 说：

"起初，大家都觉得希伯来语非常难学，但是，当你不得不学而又下定决心去学时，自然而然也就学会了。"

Guy Ofek 透露，目前以色列大约有 85% 的居民能够掌握希伯来语。

在以色列，每个孩子入学后，除了希伯来语，还得加学一门其他的语言。大部分学生选读的是目前全球广泛应用的英文，少部分选读阿拉伯文。除此以外，许多以色列人在家里讲的，既不是希伯来语，也不是英语，而是他们原本移居国的语言，比如说，德国犹太移民讲德语，法国犹太移民讲法语，西班牙犹太移民讲西班牙语，等等。所以，一个学童至少会说三种语言；有时，他们还会通过同学间频密的交往而学会第四种和第五种异国语言。

Guy Ofek 最新的学习目标是华文，他"一往情深"地说：

"源远流长的华文，蕴藏着深厚的文化底蕴，我很喜欢。目前，我担任软件市场开发与销售的工作，我发现华文有很好的经济价值。由于中国经济的强势发展，许多人会到中国去寻求商机，而许多中国人也会到全球各地去工作，华文在未来的十余年内，将会变成一种用来沟通与交流的重要语言。因此，学习华文，已经变成必要。"

认清了华文的重要性，Guy Ofek 便想方设法去学习了。他语带钦羡地指出：在新加坡，想学华文，是易如反掌的，无论是家里、学校、社区，处处都是学习的场所，处处都有学习的机会，大环境正是学习语言的温床；然而，在以色列，要学华文，就只能靠自己孤军作战了。他自嘲地表示，他是以简单得近乎"原始"的方式和工具来学习华文的。首先，他买书来读，每天从书上汲取新的词汇。然而，对于以色列人来说，最大的困难是发音，因为希伯来语是没有四声之分的。他在"黑暗"中摸索，自以为"武功"修炼得不错；可是，有一天，当他向别人展示自己的学习成果时，却没有人听得懂他在讲什么。"工欲善其事，必先利其器。"他放弃了平面的书籍，改用华英互译录音带，从中学习发音，果然事半功倍。然而，他认为最快、最有效的方法还是去语言学校好好修读，由资深的老师加以指导。他幽默地说："既然付了学费，我就绝对不会逃课的！"

最后，Guy Ofek 语重心长地说：

"你们都太幸运了，在母语的学习上，既有良好的师资，又有学习的大环境。如果你们都把华文当作必须要学的一种工具，就一定能学好它。有志者，事竟成嘛！"以色列叔叔的这一番话，莘莘学子听懂了吗？

小启示

兴趣，是开启学习大门的钥匙，也是学习不辍的动力。如果只是为了应付考试而学习，那么，考试的结束也就意味着学习的终结。

放只萤火虫在心里

对于莘莘学子来说，给他们一个真诚的赞美，犹如在他们的心里放进一只萤火虫，能使他们的心情发亮许久许久，也能让他们学习得更为起劲、更为积极。

"谭老师，您还认得我吗？"

站在办公室外面的这名少女，笑意盈盈地看着我，问道。

认得，当然认得；不但认得，而且记得。

她是我前年教过的学生，现在，已经毕业离校。

有着一张苹果般的脸，圆圆大大的眸子在上课时湛湛生光，那种心无旁骛的专注，使她看起来非常美丽。有时，我在班上说了些有关语文的笑话，全班哄堂大笑，她那双会说话的眸子，总是久久地浸在温柔的笑影里。

此刻，看着站在眼前的她，我微笑着说：

"宛琪，你现在是等着上大学吧？"

"啊，老师还记得我！"她快乐地回应，"我最近到马来西亚去，给您买了一些贴花，今天特地送来给您呢！"

说着，她把一个精致的小袋子递给了我。袋子里盛着许多别致的贴花，还有一封信。信里，她以恳挚的笔调写道：

"谭老师：过去，您常常在我们的作文里粘上可爱的贴花，鼓励我们力求进步，我曾经拿过您许多贴花，非常快乐，老是想把作文写得更好，以期得到更多美丽的贴花。现在，送这些贴花给您，一方面是想表达我对您的感激，另一方面是希望其他的学生也能从中受惠……"

读着读着，一股暖流从内心深处汩汩地流了出来。

每回到国外旅行，我总多方搜购各式各样漂亮的贴花，不明内情的人还以为我童心未泯，实际上，我是"别有用心"地把它们当作教学的"辅助工具"。

我将学生的作文分为甲、乙、丙、丁四大等级，凡是甲等作文，都能得到一枚新颖、独特的贴花，借此为他们打气，希望他们精益求精，更上一层楼。没有想到，这些十七八岁的学生，居然都对这些贴花"趋之若鹜"。清楚地记得，有一回，一位高得像擎天椰树的男学生到办公室来找我，腼腆地把他那篇取得甲等分数的作文拿出来，嗫嚅着说："老师，您忘了给我贴花呢！"我把整盒贴花拿出来，让他自行挑选，他那欢喜绝顶的表情，是我记忆里的一抹彩虹。

其实，我想，学生们喜欢贴花，主要的原因是他们把贴花当作一种"璀璨的赞美"。对于莘莘学子来说，给他们一个真诚的赞美，犹如在他们的心里放进一只萤火虫，能使他们的心情发亮许久许久，也能让他们学习得更为起劲、更为积极。

复述一则饶具意义的故事：

一名厨子有着一手出神入化的厨艺，煮出来的食物让人吃得神魂颠倒。有一回，性子严苛的主子问他："为什么我每次叫你煮鸭腿，你就只煮一只而已？"厨子面不改色地应道："鸭子只有一只腿而已，您若不信，我带您去后园看看。"在后园里，有只鸭子意兴阑珊地躺着，露出一条腿。厨子恭恭敬敬地说："您瞧，这鸭子不是只有一只腿吗？"主人不语，大力鼓掌数下，鸭子听到响声，立刻撑着双腿站了起来，这时，厨子别有深意地说道："主人啊，鸭子听到您的掌声，所以露出双腿给您看。我一直没有为鸭子鼓掌，所以鸭子长久以来只让我看到一只腿。"

掌声，常常能促使对方心甘情愿地拿出全部的功夫、亮出全身的武器，为你，也为自己拼搏，拼出一个绚丽的春天。

士为知己者死。

小启示

掌声，往往能使歌者唱得更为起劲；鼓掌的人，也因而得以享有更为饱满、悦耳的歌声。

屁事

在现实生活里，不也有些人在众目睽睽之下做了"屁事"，却还沾沾自喜地以为神不知鬼不觉吗？

一名性子活泼的朋友，在聚餐会上说了个不很高雅却极具娱乐效果的笑话：

有个人很爱吃蚕豆，一吃蚕豆，便"噼噼啪啪"地猛放响屁。他的妻子对于他这种欠缺"文明"的举动深感厌恶，后来，忍无可忍，下了禁令，不准他再吃蚕豆。

次年，这个人生日那天，同事买了一公斤蚕豆送给他。与蚕豆"睽违"已久的他，决定背着太太偷偷解除禁令，一粒接一粒地丢进口里，咬得嗦嗦作响，嚼得津津有味，快活似神仙。

回家时，前来应门的妻子手执黑色丝巾，笑眯眯地说：

"亲爱的，今天是你生日，我要给你一个小小的惊喜。来，蒙上双眼。"

妻子把他的双眼蒙上，再一步一步地把他牵到饭厅里，让他坐下。

这时，客厅里的电话响了，他的妻子走去接听。他端坐在那儿，白天豪气冲天地吃下去的那一公斤蚕豆，这时，化成了一股强大的气流，呼啸着要从他肚子里奔窜出来。他趁着妻子还在一墙之隔的客厅里高声讲着话的当儿，站起来，让闷在肚子里那一股"气流"化成一个个又响又臭的长屁、短屁、大屁、小屁……只见他屁股忽而朝东，忽而朝西；左一个，右一个，前一个，后一个，放得不亦乐乎，放得痛快淋漓。待听到妻子搁下电话筒的声音，他赶快自行收敛，正襟危坐。

妻子来到他身边，以甜甜的声音说道：

"亲爱的，看看我给你什么惊喜！"

说着，替他解开了蒙着双眼的丝巾。

只见长长的桌子边，一动也不动地坐着八位瞠目结舌的尊贵客人。

众人听了这笑话，全都笑得前俯后仰。

其实，想深一点，这并不是笑话。

在现实生活里，不也有些人在众目睽睽之下做了"屁事"，却还沾沾自喜地以为神不知鬼不觉吗？

小启示

有些人做了"屁事"，天真地以为神不知鬼不觉；

有些人做了"屁事"，自欺欺人地掩耳盗铃；最为讽刺的是，有些做了"屁事"的人，不知道那是"屁事"，竟然还沾沾自喜！

松鼠

这松鼠，在屋子易主之后，没有摸清新的形势，依然故我地持续旧时作风，一厢情愿地恃宠而骄，结果误落陷阱而沦为"阶下囚"，咎由自取，与人无尤。

屋子后面是一大片尚未开发的山林，唧啾的鸟声伴随不时出没的蛇、鼠，形成了一片原始的大好风光。

隔壁住了一户美国人，女主人伊丽莎白爱环保、爱自然、爱恣意生长的植物与随意流浪的野生动物。

来自林野那只体态轻盈的松鼠，便在这时成了她家的常客。伊丽莎白以各式美味的果子喂它，它登堂入室，来去自如，浑身散发着怡然自得的快乐气息。

这户美国邻居搬走后，松鼠"蝉曳残声过别枝"，成了我家的"不速之客"。

它大大方方地在我家进进出出，快快活活地吃吃喝喝。多时以来，它被美国邻居放任无羁的"款待方式"宠坏了。一束香蕉放在桌上，它总是这条咬咬，那条啖啖，把大好的一束香蕉弄得烂糊糊的，溃不成形，招来了无数蚂蚁，把原本整洁的厨房也弄得邋遢不堪，让我觉得自己不折不扣地成了一个"再世吕洞宾"——好心没好报。有时不免生气，但是，它可爱绝顶的模样儿确实又讨人喜欢，孩子总是眼巴巴地盼望它来，而它除了吃吃香蕉以外，并没有在屋子里胡作非为，我也就"只眼不开只眼闭"地任由它去了。

它食髓知味，胆子愈来愈大。有时，我们一家子坐在大厅里看电视，它也肆无忌惮地从窗口窜进来，神气活现地坐在桌子上，丰满的大尾巴闲闲地搁着，把下午略嫌阴暗的大厅映照得金光灿烂。为免它受到无谓的惊吓，我们全家人总似入定老僧般，"钉"坐椅上，不敢吭声，窝窝囊囊地看它大里大气地糟蹋那束香蕉。

它每天必来，我也为了它而天天摆放一束香蕉在桌上，这种情况一直持续到我搬迁他处为止。

最近，回返旧居，惊见暌违已久的小松鼠居然被人捕捉了，关在笼子里，圆圆的眸子落寞、无神，而且悲哀至极。

嘿，这松鼠，在屋子易主之后，没有摸清新的形势，依然故我地持续旧时作风，一厢情愿地恃宠而骄，结果误落陷阱而沦为"阶下囚"，咎由自取，与人无尤。

小启示

"识时务者为俊杰，通机变者为英豪。"处世要诀，就在于因事制宜、因时制宜。

爸爸的手指

犯了错误，必须自己承担后果，不可推卸责任，更不可迁怒或嫁祸于他人。

这是一桩发生于童年的小事。

我的老爸爸也许已经把它忘记了，然而，它对我长长的一生却有非常重大的影响。

那年，我九岁。

一日，坐在大厅里的一张桌子旁练习大楷。门铃响，爸爸应门，来者是邻居。两个人就站在大门外絮絮交谈。那天，风势很猛，从屋外侵入的风，把我的大楷本子吹得"噼啪"作响。我一只手拿着毛笔，另一只手还得去按住大楷本子，淋漓的墨汁滴滴答答地落在桌子上，十分狼狈。我于是搁下毛笔，跑去关门，然而，当我猛力把门关上时，大门却因为碰到障碍物而骤然反弹回来。与此同时，我惊骇莫名地听到了父亲发出的惨叫声。

此刻，父亲的眉、眼、鼻、唇全都痛得挤成了一团，连梳得平平顺顺的头发也痛得一根一根地竖立起来。十根手指呢，则怪异地扭来扭去，像盘根错节的树根。一看到我伸出门外想一探究竟的脸，父亲霎时暴怒地扬起了手，很明显，他想狠狠地掴我耳光，那强劲的掌风有雷霆万钧之势；然而，不知怎的，他的"铁砂掌"没有汹汹地打到我脸上来，被他硬生生地控制住了，颓然放下了手。我好像一只受惊的小羔羊，簌簌抖着，虽然"死里逃生"，却不明白为何会惹得好脾气的父亲如斯暴怒。

这时，邻居以责备的口吻对我说道：

"你也太不小心了呀，刚才，你父亲的手就放在门缝处，你看也不看，就大力关门……"

啊，原来鲁莽的我，几乎把爸爸的手指夹断！

偷眼瞅父亲，他铁青着脸，频频搓着发红、发肿、发痛的手指，没有看我。

十指连心，父亲那种痛入心扉而又彻入骨髓的感觉，我当然知道；但是，当时的我，毕竟只是一名九岁的孩童，我所关心、我所担心的，是父亲究竟会不会再度扬起手来打我。

父亲不曾。

当天晚上，父亲五根手指肿得老大老大的，母亲在厨房里为他涂抹药油。

在厅里做功课的我，无意中听到父亲对母亲说道：

"五指被夹的那种痛，直捣心窝啊！当时，我真想狠狠地掴她一记耳光，但是，转念一想，是我自己把手放在夹缝处的，错误在我，我凭什么打她！"

我惊呆了。

父亲这几句看似微不足道的话，却像划空而过的一道闪光，给了我毕生受用无穷的一个重要启示。

犯了错误，必须自己承担后果，不可推卸责任，更不可迁怒或嫁祸于他人。

小启示

父母的一言一语、一举一动，时时刻刻都在给予儿女潜移默化的影响。为人父母者，能不慎于言、慎于行吗？

意外

他一个劲儿地道歉，伸出细长的手臂，帮我把孩子扶起来。这时，我才注意到他的两条臂膀上都是淋漓的鲜血，伤势绝对不比我的孩子轻。

我的住宅前面有一条窄窄的马路，车少人稀，花香飘荡。

这晚，用膳以后，孩子想骑脚踏车，我欣然陪同他去。

我在树下散步，任由他在脚踏车上耍弄花招，自我逗乐。

这时，一辆脚踏车倏地从另一条横巷冲出来，行驶速度惊人地快，说时迟，那时快，我还来不及出声警告，两辆脚踏车便狠狠地撞在一起，车仰人翻，我那可怜的孩子，从脚踏车上斜斜地飞了出去，然后，重重地摔下来。

我双腿发软，眼前发黑，整个人好似堕入了一个可怕的梦魇里。

飞奔过去，把孩子扶起来时，发现他的手臂鲜血涔涔，全身绵软无力。这时，一个焦灼的声音从背后响起：

"阿姨，请问他情况怎样？"

我回头一看，是那个肇祸的小孩，金发碧眼，八九岁，国籍不详。

我心中的火立刻熊熊地"烧"到脸上来，语调尖厉地说：

"你太不小心了！这么鲁莽，实在太过分了！"

他一个劲儿地道歉，伸出细长的手臂，帮我把孩子扶起来。这时，我才注意到他的两条臂膀上都是淋漓的鲜血，伤势绝对不比我的孩子轻。

我带孩子到附近的医务所打针、敷药、止血。过了不久，他居然大呕特呕。咦，这不是脑震荡的症状吗？我五内俱焚，十万火急地送他进医院。医护员也没敢怠慢，立刻把他送去照 X 光。折腾了两个小时，才证实是虚惊一场。

回返家门，远远的，我便看到一个瘦小的影子孤零零地伫立在我的屋子前。两条胳臂裹在绷带里，绷带很白，在月光底下泛出刺目的光芒。

我们一下车，他便趋前急巴巴地探问：

"我来看看您的孩子，他的伤势如何？"

我诧异地问他在屋外等了多久，他若无其事地说：

"大约 50 分钟吧！"

看着他那双蔚蓝一如浩瀚海洋的眸子，一种湿湿的感觉霎时在眼眶里泛滥开来……

小启示

意外发生后，肇事者的行径往往就像一面镜子，真实地反映了他们或美丽或丑恶的内心世界。

肉包

"其貌不扬"的肉包之所以有如此丰富的内蕴，只因为擀制包子的那双手满满的都是爱。

长子出世时，我是一名奔波于采访线上的记者。工作时间不稳定，而我又不愿意把孩子交托给佣人照顾，思前想后，决定接纳婆婆的建议，千里迢迢地将他送返怡保，交由婆婆照顾。

此后，为了探访孩子，我常常坐长途火车往返于新加坡与马来西亚怡保之间。

那时，还没有快车，清晨七时上火车，傍晚六时许才抵达怡保，足足一整天坐在火车上，早上、中午两餐都必须在列车里解决。

有一回，向婆婆申诉火车上的餐食惊人地难吃，没有想到，临走前夕，她竟取出了一个大盒子，对我说道：

"我刚学会做包子，给你做了几个，明天记得带走，在火车上吃。"

我掀开盒盖，只瞄了一眼，便没了胃口。

包子很大，但是，一个个全是不规则形的，东凹西凸，该大的部分极大，该小的部分不小。哎哟，且莫说吃，单单看在眼里，都觉得难受。

第二天，提了轻便的行李离开时，刻意不提包子的事，婆婆好像也忘了。可是，就在我进入火车前的一刹那，婆婆竟然轻轻地拍了拍我的肩膀，说：

"那几个肉包，我已经蒸热了，放在盒子里，搁进你的行李中了。"

中午，我饥肠辘辘，忍不住掀开盒子。肥大的肉包子在局促的盒子里推来挤去，形状更加怪异。拿起一个，随口一咬一嚼，立刻愣住了。包子那丰腴至极的好滋味，使我的味蕾不由得发出了惊叹声。包子里的馅料多得惊人，鸡丁、香菇、青豆、笋片、鸡蛋、蘑菇、大葱，应有尽有。馅料太多了，因而把包子撑得不成形状。

"其貌不扬"的肉包之所以有如此丰富的内蕴，只因为擀制包子的那双手满满的都是爱。

我一边大口地吃着，一边有掉泪的感觉。

小启示

"败絮其外，金玉其内"的肉包子给了我们一个可贵的启示，绝对不要以貌相人。

碗底的鱼肉

每回与婆婆同桌吃饭，总是特别"热闹"，因为一坐上桌，一家大小都会为了让她多吃点好菜而费尽心思。

这一则动人的小故事，是日胜津津乐道的：

"小时候，家境不好，餐餐粗茶淡饭。偶尔桌上有鸡，我们都馋得不得了。可是，只要我们的筷子一伸向那盘鸡肉，大哥便会在桌子底下狠狠地拧我们的大腿，警告我们不许轻举妄动。结果呢，动那盘鸡肉的，往往只有父亲一人，母亲一定是不吃的。等父亲一吃饱而离开饭桌时，母亲便会把鸡肉均分给我们。懂事的大哥常把自己那一份让给母亲，可母亲总推说胃口不好，不肯接受，推来让去，最后，还是大哥自己勉强把它吃掉了。"

婆婆年轻时，家里捉襟见肘，她总是把最好的让给丈夫和子女。现在，婆婆老了，孩子个个成才，也个个孝顺，即使天天、餐餐要吃山珍海味，也绝对不成问题；可是，积重难返，她依然待己极苛，节俭得近于吝啬。她好客的天性与憨厚的性子，却又使她在对待别人时慷慨得近乎挥霍。

在怡保老家，只要客人上门，不管来的是亲戚抑或是朋友，她总殷勤万分地留客吃饭，大鱼大肉、肥鸡肥鸭，让客人吃得捧着肚皮打饱嗝。然而，她自己呢，严严实实的一大碗饭，随随便便地舀些菜汁、汤汁，便草草地解决一餐了。有时，啃一节鸡颈、吞一块肥肉，便算是她自宠的一种方式了。

最近这几年，婆婆患了心脏肥大症，医生劝她多吃鱼，戒肥肉。

于是，每回与婆婆同桌吃饭，总是特别"热闹"，因为一坐上桌，一家大小都会为了让她多吃点好菜而费尽心思。

她来新加坡小住时，我餐餐都会把大片鱼肉剔去细骨，夹给她吃，可是，每每趁我不注意时，她又不动声色地将鱼肉分给稚龄的孙儿、孙女。我发现了生气，她便笑着说："我老啦，消化不了这么多。"我"斗"不过她，只好另谋良策——盛饭时，故意把大块鱼肉压在碗底，把饭盖在上面，等她发现时，一桌子人都已吃得七七八八了，大家理所当然地不肯接她递过来的鱼肉，她若坚持，大家便站起身来，一哄而散，这时，婆婆只好嘟嘟囔囔、半埋怨半不甘地把鱼肉吞下肚去……

小启示

长辈和幼辈，各自以不同的方式来表达内心的爱。这种互宠的情愫，特别牵动人心。

一跃而起，冲去女儿的房间，就在那儿，就在那一刻，我看到了牵动我心弦的一幕。

孩子坐在厅里观赏由电视播放的武打片，我独自一人在房里写信。

突然，厅里传来了一声粗暴的吆喝，接着，是女儿尖锐的哭声。

冲出房一看，五岁的女儿双手捂住左耳号啕大哭，八岁的次子手足无措地站在一旁。

老大迫不及待地向我报告事情的始末。

事缘老二看剧看得兴起，站起身来，吆喝一声，学剧中人使出了一招"连环三脚"，不偏不倚，踢中了妹妹的耳朵。

我拉开女儿的双手一看，愤怒即刻好似一团火般由心里"烧"了出来。她的耳壳后方出现一道一寸来长的伤痕，正有丝丝血水渗出来。

我一面替她敷消毒药水，一面大声斥责老二。日胜更是拿出了藤鞭，准备打他手心以示惩。然而，没有想到，涕泪滂沱的女儿却抽抽搭搭地开口为他求情：

"爸爸，不要，不要打他！"

行为太鲁莽了，不打不行！我们嘱他伸出手来，两边手心，各打三下。他吃痛，却不敢呼痛，只是静静地搓着手，静静地流泪，汪着泪光的眸子，牢牢地看着妹妹的耳朵，脸上有一层难以掩饰的悲伤。

把女儿抱上楼去，哄她入睡。老二尾随而来，站在床边，伸出鞭痕犹在的手，把一片胶布递给我。

嗳，他是真心诚意地感到抱歉的啊！

当天夜里，全家人都已经入睡了，我在蒙眬间突然被捻亮电灯、挪动椅子的声音惊醒了。一跃而起，冲去女儿的房间，就在那儿，就在那一刻，我看到了牵动我心弦的一幕。

我家老二，跪在老三床畔，正轻轻地拨开她的头发，低头验视她耳后的伤痕。

一股热潮，蓦地泛上了双眼。

小启示

成人之间的"同室操戈"令人深恶痛绝，但是，孩童之间自然流露的手足之情却令人无比感动。值得深思的是，不当的偏爱，会不会为日后的兄弟阋墙埋下伏线？

香蕉树

香蕉树长年累月地长出大片大片的绿叶、结出大串大串香甜的果实，任劳任怨；然而，世人物尽其用后，居然还把一些"黑色"的迷信硬生生地套到它头上去。

受邀参加印度好友的婚礼。

长长的桌子上摆满了一片片翠绿的香蕉叶，叶子上搁着雪白的大米饭。

宴席开始时，有人将味道浓郁的咖喱羊肉、金黄酥脆的炸鸡放在米饭上。众人右手拿饭、左手抓肉，大口大口地吃。吞下的，除了美味的食物，还有喧哗的热闹、洋洋的喜气。

吃吃吃，把最后一口饭从香蕉叶上抓起而送入嘴里后，有一股清新的香味，恋恋不舍地缠在味蕾上，一缕缕、一丝丝，若有若无、似浓亦淡，好像是"剪不断，理还乱"的情。

这股独特的芳香，既没有荤食的俗腻，也没有素食的寡淡。它是从香蕉叶里溢出的，甘美沁润，宛如响在口里一声清脆的铃声。

从此，泥足深陷地爱上了香蕉叶。

来自荷兰的邻居雪娜，种了一株香蕉树，源源不断地供应香蕉叶。用香蕉叶裹鱼烧烤，深深地嵌入鱼肉那一股叶香像一个小小的钩子，能把人肚子里的馋虫一只一只全都勾出来。

雪娜的拿手点心是香蕉糕。有一回，她请我去她家喝下午茶，圆圆的小桌子就设在后院里。晶莹的香蕉糕裹在嫩绿的香蕉叶内，像足了一块块光泽可人的绿玉。

那天早上刚下过雨，清凉至极。结实累累的香蕉树风情万种地伫立在篱笆畔，又长又大的叶子像一只只绿色的手掌，在微风里友善地挥动着。

最近麟儿初诞的雪娜忽然微笑着说道：

"人人都劝我不要在庭院里栽种香蕉树，种了可能终生不孕。现在，事实证明，这种迷信，是多么无稽啊！"

瞧，孜孜矻矻的香蕉树，长年累月地长出大片大片的绿叶、结出大串大串香甜的果实，任劳任怨；然而，世人物尽其用后，居然还把一些"黑色"的迷信硬生生地套到它头上去。

香蕉树受欺侮，只因它常年沉默。

　　许多全无科学根据的迷信之所以会"深入民心"，只因为人们不求甚解地以讹传讹。

乍见，觉得她极瘦，整个人好似缩小了一圈。唯一丰满而且饱满的，是她脸上的笑容。

缭绕在层层山峦间的云雾，被夕阳不经意地泌出的璀璨色彩染成一种绚烂醉人的风情。

我归心似箭，日胜加快了油门。

最近，年过八旬的婆婆生病入院。前天出院，我们抽空从新加坡驾车赶返四百里以外的马来西亚怡保探望她。

听到车声，她慢慢走到大门口来。乍见，觉得她极瘦，整个人好似缩小了一圈。唯一丰满而且饱满的，是她脸上的笑容。大姑说："盼你们回来，盼得坐立不安呢！"

在记忆里，婆婆长年长日无病无恙，不折不扣是个铁打铜铸的人。然而，今年4月，她到海南岛省亲，不堪舟车劳顿之苦而病倒在异乡。历尽艰辛回返怡保后，虚弱得无法站直。家人原想请个护士来照顾她，没有想到意志坚强的她却奇迹般地好转了，而且，离床之后，不必拄拐杖，行走自如。只是，连续经过几番大折腾之后，她的身子明显地弱了。不到两个月，又再度因为肺部积水而被送入院。

现在，婆媳俩坐在大厅里絮絮聊天。她以惋惜的语调告诉我：花园里那九棵结出无数甜美果实的木瓜树因乏人照顾，一一砍掉了；还有，后院的雏鸡全都送给别人了，以后，要吃鲜嫩的自养鸡，已没可能了。她的话里，完全没有自怜的哀叹，有的，仅仅是一种无法与岁月抗衡的无奈和感慨。

谈着谈着，她忽然想起一事，进房取出信笺，递给我，说："来，帮我写两封信。"一封给海南岛的妹妹，另一封给广州的谊女，传达同一个信息：她身体不好，加上眼力衰退，今后，不会再给她们写信了。我遵照她的意思写，不知怎的，每一个落在信纸上的字，都好像拖着一个铅球，既笨拙，又笨重。写毕，强颜笑道："代您写信，一封五元，您得付我十元呢！"她微笑应道："你写得这么好，我每封给你二十元，好吗？"她把信笺小心翼翼地装进信封里，在封口处涂上糨糊。这时，我忽然注意到，她那一双枯瘦单薄的手，已不再坚实有力；手背上大块灰黑的老人斑显示了岁月的痕迹；掌心里，纵横交错的纹路刻满了岁月的沧桑。看着看着，忽然眼眶全湿，转过脸时，听到她说："中秋节快要来了，那种你爱吃的莲蓉月饼，我买了，就着人捎去新加坡给你，可好？"我含含糊糊地应："好，好。"说着时，眼泪已经流到了下巴。

小启示

　　作者在婆婆生病后归心似箭，病魔缠身的婆婆却依旧记挂着给作者购买她爱吃的月饼。婆媳之间深厚的爱，是浊世里的一股清流。

九个小时

人世间任何臻于圆满的艺术，都容不得偷工减料。

每年端午节来临，便巴巴地等着享用婆婆包的粽子。

知道我爱吃，婆婆总千方百计地托人从怡保把粽子捎来给我。每每接过那一大串沉甸甸的粽子，我觉得我的心也是沉甸甸的，满满的都是温暖的爱。

剥开绿色的粽叶，展现在眼前那长方形的粽子，好似一个精美绝伦的艺术品。粽子里的猪肉丰腴、柔嫩，栗子入口即化，而虾米、鱿鱼、冬菇的香，全都深深地钻进了糯米里，尝过者莫不交口赞誉。然而，我觉得婆婆的粽子令人齿颊留香的，是那别具风味的糯米：粒粒分明，晶莹剔透，看似结实，入口轻软如风。这种特质，全得归结于她独特的制作方式。他人包粽子，为求便利，通常都将糯米浸上一段时间以求缩短炊煮的时间。婆婆可不，她认为糯米不浸水，煮熟后才能具有外韧内软的特质。

年轻时，精力旺盛的婆婆一口气往往可以包上一百多个粽子，由洗粽叶、晒粽叶、切佐料、腌佐料、包粽子、蒸粽子、添炭块、守炭火，都是她一个人独力支撑。最苦的是，没有浸水的糯米很难熟，必须连续不断地煮上九个小时，少了一时半刻都不行。所以，包粽子是家里的一桩大事，端午节一来，家里"百业俱废"，独飘粽香。

今年，婆婆迈入 80 岁大关了，依然坚持自包粽子。我劝她：

"糯米先浸浸水，蒸上三四个小时便熟了，不必那么辛苦。"

"浸水？怎么行！"婆婆不假思索地应道，"浸过了水，糯米会走形、走味！"

目不识丁的婆婆，在包粽子这一码事上，坚守着"宁为玉碎，不为瓦全"的大原则。她不休不眠，蹲在炭火前，加炭、扇风，苦苦地守上九个小时。等粽子独特、浓郁的香味从锅子里飘出来，她皱纹满布的脸，才绽放出满足的笑。

实际上，人世间任何臻于圆满的艺术，都容不得偷工减料。

小启示

粽子那令味蕾惊艳的好味道，源于包粽者对用料和烹饪方式的坚持，也源于包粽者对恪守传统的坚持。坚持，许多时候，是一种强大的力量。

礼物

这男孩，性子鲁莽，做事粗枝大叶，想到他全神贯注地把星星一个一个地做出来的样子，我便有眼眶发热的感觉。

这是一件微不足道的小事，写它，只因为它触动我的心。

教师节那天，一大清早，有个就读于中五（中学第五年）普通班的大男孩挨到我身边来，说：

"老师，给您一样东西，请您不要笑。"

这名 16 岁的男学生，是学校里著名的捣蛋鬼，淘气得令人束手无策。他性子好动，又爱说话，完全不守课室秩序。我常常婉言相劝，但是，他总是嬉皮笑脸的样子，劝他的话，也不知道究竟听进去了几成。有时，拉下脸来骂他，他便会收敛一点儿。

现在，这个好似脱缰野马般的男孩，一本正经地站在我身边，小心翼翼地从书包里拿出了一个玻璃瓶，搁在桌上，说：

"我刚学做的，昨天晚上做到 11 点。"

说完，向我微微地鞠了一躬，以罕见的

严肃语调说道：

"老师，祝您教师节快乐！"

言毕，飞奔而去。

我拿起玻璃瓶来看，盛在里面的，是好几十个大大小小的星星，全都是用玻璃纸做成的。星星是立体的、鼓胀的，玻璃纸是滑亮的、鲜丽的，抓一把星星在手上，满掌璀璨。仔细看掌心里的星星，手工精细，边缘接合处痕迹不露。

这男孩，性子鲁莽，做事粗枝大叶，想到他全神贯注地把星星一个一个地做出来的样子，我便有眼眶发热的感觉。

小启示

那一颗颗闪烁生光的星星，折射的不仅仅是学生感恩的心，同时也凸显了老师对学生悉心的教导与尽心的关怀。

磨刀精神

为人妻、为人母、为人师表，我发现：磨刀精神能够帮助我将这三重角色扮演得更为完善、更为完美！

看爸爸在厨房里磨刀，是童年里一个很温馨的记忆。

那一块磨刀石，沉甸甸的，灰黑灰黑的，像一小片充满阴霾的天空。胖胖的爸爸，就拿着那一把坠手的大菜刀，手势纯熟地在磨刀石上忽左忽右、一上一下飞快地磨着，凌厉的刀光从磨刀石上一圈一圈地飞出来，就好像灰黑的天幕上闪出了一道一道刺目的电光，把旁人的眼睛都弄花了。等愈磨愈薄的刀刃阴森地闪出"阴毒"的寒光时，素有"饕餮"之称的爸爸，便会以粤语轻轻地哼唱着："磨刀霍霍切猪肉啊……"边哼边以庖丁解牛之势，利索地将砧板上那一大块肉切片、切丝、切丁，或者剁成肉末、肉碎、肉泥。

在磨刀声中成长的我，强烈地感受到家的温馨；而飞转于厨房里那一道又一道的

"电光"，也给了我一个无言的教诲："工欲善其事，必先利其器。"

结婚之后，看婆婆磨刀，又有另一番乐趣。

婆婆磨刀，用的是碗。她将瓷质饭碗翻转过来，左手执碗，右手操刀，手起手落，刀与碗"肌肤相亲"，发出了清脆悦耳的响声。她一边絮絮地与我闲话家常，一边以沉着稳重的手势，左一下右一下地磨，磨呀磨，磨磨磨，不慌不忙、不急不躁，一方面展示出一种"稳操胜券"的信心，另一方面也表现出一种"将铁棒磨成针"的耐心。之后，在与婆婆多年的相处中，我曾多次目睹婆婆在面临事故与变故时所表现出来的惊人韧力与应变能力，深沉地体现了一位传统妇女丰实的内涵。实际上，她这种内在的精神面貌，在厨房里看她磨刀时，我已完全感受到了。

磨刀，原是生活中一桩微乎其微的琐务，可是，我却从爸爸与婆婆的磨刀精神中得到了许多可贵的启示。

现在，为人妻、为人母、为人师表，我发现：磨刀精神能够帮助我将这三重角色扮演得更为完善、更为完美！

　　在弱肉强食的今日社会里，日日磨刀以确保自己时时处于锋利的状态，是至关重要的生存之道。

甜咸人生

大爱与大恨，仅仅属于舞台。真实的人生，该有更多的宽容、更多转圜的余地。

年轻时，吃东西讲求"大甜大咸"。

喝茶、喝咖啡，一个小小的杯，却下足三大汤匙炼奶；煮红豆汤、绿豆汤，毫不考虑，便将一大勺一大勺白糖往内倾。

每啜一口，都好似在喝浓浓的糖液。

吃东西时，不管端到眼前来的是什么，都立刻"敬礼"似的在上面浇一圈酱油。有时，嫌不够味，还抓一撮盐拌进酱油里。

每咬一口，都好像在咀嚼咸得令味蕾发颤的盐巴。

大甜大咸，我充分地发挥了"敢死队"的精神。

对人，也是一样的——大爱大恨。

心里喜欢，便觉得对方十全十美，无懈可击；心里讨厌，便觉得对方缺点多如牛毛，一无是处。在那种年轻得不知天高地厚的日子里，不屑也不愿掩饰那一份"自以为是"的感觉，往往"误伤良民"而不自知。

岁月流逝无痕，慢慢地，人到中年。

健康意识提高，饮食口味改变。大量减少对糖分和盐分的摄取，以微甜和微咸作为烹调食物的准则。过去，对于那些甜咸不分、味儿"暧昧"的食物，如甜酸肉、杧果鸭、蜜糖鸡等等，总是深恶痛绝。可是，现在不但接受了，而且居然也渐渐地喜欢了，甜中有咸而咸中有甜，不就是人生的滋味吗？

大爱与大恨，仅仅属于舞台。真实的人生，该有更多的宽容、更多转圜的余地。尽管目前我离不嗔不怨、不怒不恨的境界还很远很远，然而，至少，我已懂得了在"大爱"和"大恨"之间，有个"中庸之道"。

愿以至诚之心继续领受岁月的教诲。

小启示

"中庸之道"是处世的智慧，凡事如果懂得适可而止，自然可以免去许多无谓的困扰与纷争。

一钵卤汁

此刻，不羡神仙、不爱江山，一心一意，只想守着这锅卤汁，直到老，直到死。

卤汁是朋友根据祖传秘方，以十多种香料长时间浸泡而成的。盛在大大的瓦钵里，呈快乐的咖啡色。朋友殷殷嘱咐：你可以用这钵卤汁一卤再卤，卤的次数越多，味道便越香。

未经使用的卤汁，好似深山土著，朴实而单纯、呆板而无趣。买一只滑嫩嫩的小肥鸡来卤。原本沉沉地"睡着"的卤汁，被猛火一煮，蓦地"醒了""活了"，当嫩鸡在滚烫的卤汁里载浮载沉时，蕴藏在卤汁里的诸种香料以锐不可当的攻势，从四面八方"包抄""逼近""侵占"锅里这只身无寸铁的囊中物。20 分钟后，将这只饱受"蹂躏"的嫩鸡从锅里提出来，鸡身那宛如初升旭阳的闪闪金光，把人的双眸都照得晶亮。卤好的鸡软、滑、松、鲜、润、香。筷子与叉子齐齐飞动，不消两下子，便鸡去盘空了。

这时，锅里浮泛着的鸡油为"深沉"的

卤汁"镀"上了一层釉彩，点点金光在圆圆的锅里荡来荡去，像情人在暗室里飞来飞去的眼波，浪漫、旖旎。

次日，在卤汁里放入豆腐。豆腐素淡，宛如胸无点墨的小女子，经过了卤汁舍命似的"熏陶"后"脱胎换骨"，变得面目妩媚、内涵丰富。吃着时，心旌动荡——噫，明明是素食，偏偏有荤味，那种荤素相互冲击而产生的绝妙口感，足以歼灭人的灵魂。

之后，再接再厉，以同一锅卤汁卤猪肉、猪肚、鸡肾、鸡肝、鸭肉、鸭蛋。

"历尽沧桑""饱经世故"的卤汁，色泽一日比一日艳，味道一次比一次鲜，层次一回比一回深，面目一趟比一趟佳，到了最后，你侬我侬，百味杂陈；看在眼里，高深莫测；吃进肚里，荡气回肠。此刻，不羡神仙、不爱江山，一心一意，只想守着这锅卤汁，直到老，直到死。

一日，又卤鸡，在满室缭绕的香气里，忽然想起一位长辈含泪的故事：半个世纪前她出嫁时，嫁妆里有母亲卤的一大钵"千锤百炼"的老卤汁。她锲而不舍地用了二三十年，独生子在卤汁勾魂摄魄的香味里慢慢地长大成人，之后，飞赴澳大利亚读书，落地生根。长孙出世时，她捧着那钵被她视为传家之宝的老卤汁飞渡重洋，可是，住了没几天，便神情萎靡地回家来，原来洋化的媳妇嫌她那钵卤汁肮脏而趁她外出时将它倒掉了。

"倒掉了，一滴也不剩！"她逢人便说，声音喑哑。

小启示

"千锤百炼"的老卤汁告诉我们，饱经历练后得到的精髓是弥足珍贵的，我们切切不可因为它旧、它老而轻易地舍弃它。

尤今小语系列图书推荐

瀚·小语

《不老的阿尔卑斯山：欧罗巴圆舞曲》

尤今◎著　海天出版社　定价：32.00元

本书是一本游记，但也记载了历史。既描述了神秘的亚马孙丛林、世界奇观玛雅遗址、辽阔的新西兰牧场等，又记录了 20 世纪 90 年代世界时局风云变幻之下"蒙着黑纱"、曙光初露的东欧。

《地中海那马车夫：寸寸土地皆故事》

尤今◎著　海天出版社　定价：32.00元

本书为尤今环球旅行散文系列之一，文中描述了危机四伏的泰北丛林、世外桃源般的水上克什米尔、步步惊心的战后东南亚、神秘奢华的中东上流社会等，不一而足。

《聆听文字的声音：尤今的生活哲学》

尤今◎著　海天出版社　定价：35.00元

本书是一部小品文集，主题涉及亲情、友情、美食、旅游、教育、语言等，字里行间蕴藏着许多宝贵的人生道理。

《花瓣的甜味：尤今的蝴蝶人生》

尤今◎著　海天出版社　定价：35.00元

本书是一部小品文集，分为 4 辑：情系人间、桃源在心、爱的呼唤、心灵碰撞。作者通过一个个小故事，传达了一些坚定不变的美好信念，抒发了对人生的感悟和对快乐的追求。

《被人遗忘的天堂：尤今眼中的世界》

尤今◎著　海天出版社　定价：39.80元

本书精选尤今的多篇游记，以雅驯的文字和真挚的情感带你走进各大洲被人忽略的美好，见识各个地方的真实生活，体验不同的民俗文化，感受平凡而不平淡的人间烟火。

尤今小语系列图书推荐

《倾听呼吸的声音：回首岁月，种一株快乐的树》

尤今◎著　海天出版社　定价：32.00元

本书分为两篇：

上篇"回首岁月"主要介绍了尤今对于父母等长辈的哀思、感恩之情；

下篇"种一株快乐的树"主要介绍了尤今对于子女教育的一些期望和一点体会。平实处见真情、平凡处见温情。

《清风徐来：在门外挂串风铃，叮叮咚咚》

尤今◎著　海天出版社　定价：32.00元

本书分为四篇：

第一篇"石头很快乐"和第二篇"在门外挂串风铃"主要介绍了一些小故事以及尤今从中得出生活的感悟；第三篇"纸盒里的爱"主要探讨了爱情与婚姻的一点启示；第四篇"人生如文学"则是作者从文学创作的角度谈处世的哲理。

《把自己放进汤里：欢喜的豆花，抑郁的茄子》

尤今◎著　海天出版社　定价：32.00元

这是一本关于美食的散文集，全书通过对于各种美食的描写，揭示出浓浓的亲情、乡情以及言简意赅的做人道理。欢喜的豆花、抑郁的茄子……只要你细细咀嚼，就会发现：每种食物都蕴含着深入浅出的人生哲学。

《走路的云：用脚步丈量世界，品味生命》

尤今◎著　海天出版社　定价：32.00元

本书是新加坡著名作家尤今的旅行散文集，主要介绍了作者环游世界的一些见闻和感悟，其中重点介绍了在巴基斯坦与伊朗旅行的故事和感悟。以旅行来感受生命，以异域文明来观照中华文明。

作者简介

尤今，新加坡著名女作家，南洋大学中文系荣誉学士。曾先后任职于新加坡国家图书馆、报业，也曾执教于中学和初级学院。现在专事写作，已出版小说、散文集、游记180余部。作品每年都被新加坡多所学校选为课外辅助读本，也入选了中国的中小学教材和课外读物。